陈择雅◎著

中国大百科全书出版社

知识出版社

图书在版编目（CIP）数据

渺小 / 陈择雅著． -- 北京：知识出版社，2021.1
（致青春·中国青少年成长书系）
ISBN 978-7-5215-0269-5

Ⅰ．①渺… Ⅱ．①陈 … Ⅲ．①幻想小说—中国—当代
Ⅳ．①I247.5

中国版本图书馆 CIP 数据核字（2020）第 207309 号

渺小 陈择雅 著

出 版 人　姜钦云
责任编辑　任　君
装帧设计　张　婷
出版发行　知识出版社
地　　址　北京市西城区阜成门北大街 17 号
邮　　编　100037
电　　话　010-88390739
印　　刷　金世嘉元(唐山)印务有限公司
开　　本　660㎜×930㎜　1/16
印　　张　19.25
字　　数　216 千字
版　　次　2021 年 1 月第 1 版
印　　次　2025 年 5 月第 2 次印刷
书　　号　ISBN 978-7-5215-0269-5
定　　价　68.00 元

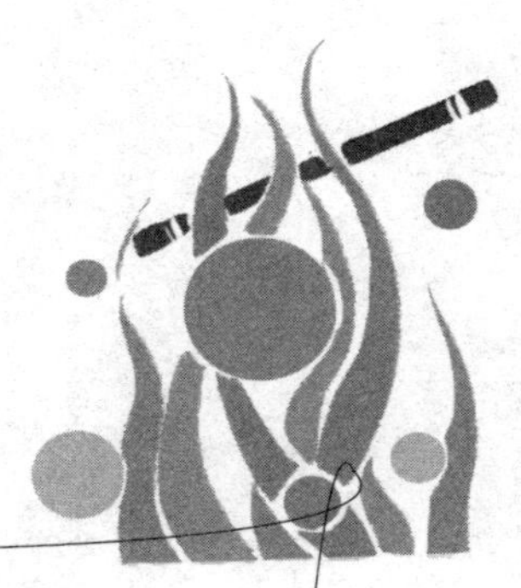

渺小

目录

楔子

地球历公元 129 年，东汉永建四年。

正值汉顺帝在位时期，初夏，大气层外飘浮着一个由五根棱柱体组成、外形像一只巨掌、由智脑操控的无人探索飞行器。

“第 35891 次扫描完成，发现疑似目标，请求实地勘测。”

“主脑准许实地勘测。”

随着简短的对话声和一阵机械式的声音响起，飞行器调整姿态，推进器尾部发出了幽蓝色的光芒。突然，警报响起：“滴、滴、滴……警报！警报！不明物体极速接近中！撞击警报！ 5、4、3、2、1……轰！”

与此同时，地球上现今甘肃与青海交界处的达力加山中，一只离群的小猴正在山间攀爬玩耍。忽遇一棵老桃树，枝头挂满了熟透了的令人垂涎欲滴的大桃子。小猴蹿上树，摘下一个张嘴就啃，果汁四溅、唾沫横飞。它吃完一个又四处张望，想再摘一个桃子，突然发现树旁峭壁上有个小洞，洞口一物烁烁放光。小猴心生好奇，双脚一蹬跃向崖壁，峭壁经过多年风化，上面有许多尖锐的石片。“吱吱——”小猴前爪被石片划破一个小口，疼得它龇牙咧嘴地叫。终于攀到了小洞口，小猴一把将那发光之物握在手中……

“啊啊……我会说话了！我有神通了！哪个不服，吃俺一棒！”随着两道金光直射天际，双手挥舞着一根金光闪闪的棍子、火眼金睛、神通广大的猴子出世了！就在这时，那艘在大气层外被突然出现的陨石砸中的掌形飞行器，带着尖锐的呼啸声，冒着火光从天外朝着猴子压来，“轰隆隆……”只见猴子不慌不忙地把那根金色的棍子变成绣花针一般大小，塞进右耳朵眼里，扎好马步，双手高举过头顶，大喝一声：“我顶！”

“啊……没顶住……”那艘天外飞行器直直地压在了猴子身上，这只神通广大的猴子一下被压到了地上。

“嘟……嘟……目标星球迫降成功，目标物在舰身下方一个目标星球生物体内，舰体无法移动，能量仓因撞击严重损坏，剩余能量不足百分之一，请求主脑运算最佳方案。”

“运算完毕，已得出最佳方案，立即执行！”

经过一系列的指令，这艘功能强大但能量所剩无几的飞行器在迫降地球后，按照飞行器主脑运算出的最佳方案进行了一番操作。

“因能量不足，飞行器无法返航，也无法联系母星请求救援。此次探索任务寻找的目标物已经出现，但无法取得其资料。目标物关系重大，不能被其他星球生物发现，必须进行妥善隐藏。”飞行器主脑边叙述边发出了指令，“用剩余全部能量全力隐藏目标物不被其他星球生物发现。首先，伪装飞行器，确保飞行器不被发现；然后，对目标物的宿主进行全面的记忆修改；最后，要防止其他星球生物发现这颗星球，同时也防止目标星球生物携带目标物离开。”

指令开始实施。整个飞行器外部忽然产生了一股极强大的吸力，把方圆一百多千米内的山石、树木、花草一一吸附在了外壳上，这层“外套”不断地增厚、增厚……这一过程持续了整整一天。原本闪着金属光泽、结构复杂、充满科技感的飞行器，如今已经变成了一座黝黑而又高大，造型还有些怪异的山峰。这座山峰由一座主峰和四座卫峰组成，形似一只人类的手掌，上面草木繁盛，郁郁葱葱。

“这是什么？这么重！压得俺腰都快断了……”那只被飞行器压在下面的猴子一边不停地嘀咕着，一边努力地想站起来，掀翻压在身上的这座“大山”。突然，一道橙色的光芒射在“山脚下”露出来的猴头上，猴子脑袋一阵眩晕，迷迷糊糊的，好像睡着了，还做了个梦……

在梦里，猴子知道了自己的“身世来历”。“我叫孙悟空，我是齐天大圣孙悟空！”猴子在梦里呓语着。在这个梦里他得知，原来自己没有父母，是由开天辟地以来的仙石孕育而生的石猴，因带领群猴进入水帘洞而成为众猴之王，被尊为“美猴王”。后历千山万水跟随须菩提祖师学艺，得师父赐名孙悟空，学会了七十二变、筋斗云，练成了长生不老的法术。

神通初成后，他先大闹龙宫取得如意金箍棒，又大闹地府勾去生死簿上的姓名，后被天界招安，封为弼马温。在得知职位卑微后一气之下返回花果山。他战胜了托塔天王李靖和哪吒三太子的讨伐，迫使玉皇大帝封其为齐天大圣，并在天庭建齐天大圣府，奉旨管理蟠桃园。因醉酒偷吃蟠桃，搅乱王母的蟠桃盛会，偷吃太上老君的金丹，犯了众怒，后又在太上老君的炼丹炉中炼成了火眼金睛。他这一番大闹天宫，十万天兵天将、四大天王、二十八星宿对其围剿亦不能将其打败，却在与如来佛祖的打赌斗法中失利，被压在如来佛祖一手化作的五行山下悔过自新，这一压就是五百年。

经过飞行器主脑这一番记忆修改和模拟生活经历灌输，这只幸运而又倒霉的猴子终于成了传说中的齐天大圣孙悟空。说他幸运，是因为他从一只普通的小猴子变成了神通广大的齐天大圣，后来还在机缘巧合下保护唐僧西天取经，最终取得真经修成正果，被封为斗战胜佛。说他倒霉，是因为他本是一只无忧无虑的小猴子，每天除了吃就是睡，不用为任何事情发愁，没招谁也没惹谁。哪知“天降横祸”，无缘无故地被压在了“大山”之下，真可谓是无妄之灾了。

猴子的问题解决了，飞行器开始进行最后一步工作。利用最后一点能量，飞行器沿整个太阳系边缘，向外制造了一个厚度达10亿千米的“空间壁垒”，这个空间壁垒的作用主要有两个，一是保证在壁垒之外，除了母星外的其他任何文明都不会发现太阳系；另一个作用就是阻止地球生物在一定的科技文明时期内（通过估算约地球历一万年），离开所在的星系，从而保证目标物不会被带离，能够等待母星派出的其他搜寻舰。

在耗尽了所有能量后，这艘飞行器终于完成了它的最后使命，陷入了沉寂……

第一章 无聊

地球，公元 2019 年夏。

“小懒虫快起床，今天可是你们返校的日子。”随着妈妈的一阵催促，陈择瑞睡眼惺忪地从床上爬了起来。

“姐姐都洗漱完了，你还不快点！赶紧去洗脸，再磨磨蹭蹭的就没时间吃早饭了！”

“噢。”

听到爸爸的话，陈择瑞一骨碌从床上蹿了下来，三步并作两步冲进了卫生间。

“你快点啊，我今天还要早点到校执勤呢！”在班级担任班长的姐姐也在催着他。

“催什么催，我还没睡够呢！大不了不吃早饭就是了！”他在卫生间小声嘟囔着。

陈择瑞就生活在这样一个四口之家，爸爸很严厉，妈妈对这个小儿子疼爱有加，姐姐比他大一岁，除了偶尔和他拌个嘴，还是很爱护这个弟弟的。

今天是期末考试后返校领成绩单、评优秀的日子。陈择瑞和姐姐吃完早饭就出门了。“你们对自己这次的期末成绩有信心吗？”妈妈问。

“当然了，总而言之准是全优！”陈择瑞抢着回答道。旁边的姐姐一脸无奈地望着他，姐姐早就习惯了弟弟这种自信心爆棚的秉性和这句“总而言之”的口头禅。

“这么自信呀？”妈妈一副不相信的模样。

陈择瑞扬了扬眉毛：“总而言之，我的成绩一定很棒，您就准备给我买礼物吧！”说完便兴冲冲地大步朝前走去。姐姐向妈妈道了别也赶紧跟了上去。

一进校门，陈择瑞就像只骄傲的大公鸡，昂首挺胸地走在校园的小路上。他那自信的步伐再加上骄傲的神态，像取得了多么大的成绩一样。走进五年级三班的教室，同学们正在七嘴八舌地谈论着什么。他把书包往课桌上一丢，迅速凑到人群中，加入了讨论。

学习委员小秦一本正经地说：“我这次考试成绩肯定不错。”

其他人听了都直点头，只有陈择瑞不服气地说：“总而言之，我的成绩准比你好！”小秦是个多愁善感的孩子，听到陈择瑞这么说，嘴一瘪就要哭。

班长杜德轩挺了挺他那大肚子说：“好了，你们俩到底谁高谁低，一会儿老师发了成绩单不就知道了！”

“行了行了，都别再为这个争了。告诉你们，我昨天晚上遇到了一件可怕的事！”又黑又瘦的李安顺在一旁神神秘秘地说道。

“小李子，什么事值得这样大惊小怪的啊？”陈择瑞不屑地问。

“昨晚睡觉的时候我被鬼挠了！”李安顺的声音颤抖了一下，仿佛还在害怕。

“净瞎说！这个世界上根本就没有鬼。”杜德轩说。

“就是，老杜说得对，根本就没有鬼！”同学们纷纷附和着。

“这还真不一定，好可怕……”陈择瑞突然冒出这么一句，“前几天我在网上看过好几段闹鬼视频，都是监控器拍的真事儿，总而言之可吓人了！”

“就是啊！你们看，这就是证据！”小李一伸左胳膊，只见他小臂上赫然呈现三道血痕！“睡前还好好的，早上起来就成这样了。我自己一个人在房间睡，门是锁着的，没有人进来，我奶奶说这是被鬼挠了。”小李解释着。

“这是迷信！”老杜还是不信。

“老杜，你没见过鬼就代表没有鬼吗？总而言之这个世界上神秘的事情太多了，好多现象科学都解释不了，没见过不代表不存在！”陈择瑞反驳道。同学们分成两派，有帮着老杜说话的，也有相信陈择瑞的，互相吵了起来，一直吵到上课铃声响起。

一上午很快过去了，陈择瑞和姐姐结伴回家。在路上，姐姐问：“瑞瑞，你这次考得怎么样呀？”

“别提了，九门只有六个优，数学、英语、信息技术都是良。”陈择瑞沮丧地说。

“别灰心。我们现在还是小学生，多努努力，一定能赶上！”姐姐宽慰他说。

回到家，妈妈准备了丰盛的午餐迎接姐弟俩。“快去洗手吃饭吧。”看到儿子兴致不高，妈妈什么也没说，只是给孩子们拿碗筷，盛饭。饭桌上，妈妈问：“小雅这次考得怎么样呀？得了几张奖状？”

“妈妈，我这次考试成绩是全优，年级排名第三，奖状还是那些，三好学生、全优生、优秀班长、书法小明星。”

“噢，我们小雅真棒！”妈妈高兴地说。

“妈妈，这也没什么，我该上初一了，自然要注重学习，我的目标可是将来考北京大学，接下来还要更加努力才行！”姐姐谦虚地说。

“小雅真懂事！”

“妈，怎么不问问我呢？”陈择瑞沉不住气了。

“你呀，我猜一定没得全优。”妈妈笑着说。

“您是怎么知道的？”陈择瑞不解地问。

“是啊，您是怎么知道的呢？我们俩谁都没告诉您啊！”姐姐也是疑惑不解。

“知子莫若母，从你一进门的表情，我就看出来了。你这次要是得了全优，还不早就跟我嚷嚷着要礼物了！”妈妈笑嘻嘻地看着小儿子道，“说说你的成绩吧。”

陈择瑞不好意思地挠了挠头：“这次只有六门得了优……”

“准又是数学、英语和信息技术这三门拉分了吧？”

“妈妈真厉害，一猜就中！”姐姐说。

“就是这三门，都是良……”陈择瑞不好意思地低下了头。

“你们是妈妈的大宝、二宝，只要努力了我就很欣慰。小雅要再接再厉，保持好成绩！瑞瑞也不要气馁，加油努力，我相信你！”

“好！”姐弟俩异口同声地答道。

自由自在的假期终于开始了。一个炎热的下午，爸妈都要上班，喜欢看书的姐姐去了图书馆，只爱看电视、玩游戏的陈择瑞独自待在家里，百无聊赖。老师布置的暑假作业在妈妈的督促下基本上完成了，因为这学期的期末考试成绩尚在爸爸能接受的范围之内，也就没有给陈择瑞安排更多的学习任务。妈妈对爸爸说："男孩成熟晚，别要求太高，给他点成长空间。"

"没人陪我玩，真无聊啊！"陈择瑞叹了口气，坐在阳台的摇椅上，拿起手机打开了游戏……

"你后面有人，快闪开！你倒是闪啊！唉，挂了，又输一局！真是不怕神一样的对手，就怕猪一般的队友啊！"陈择瑞仰天长叹着。

就在这时，原本艳阳高照的天空突然狂风骤起，转眼之间阴云密布，一道耀眼的闪电从天际划过，紧跟着雷声滚滚。"看来是要下雨了，多下点吧，这样爸妈就能凉快点了！"陈择瑞想起父母的工作环境比较闷热，期盼地说。"哗……"仿佛听到了他的话，倾盆大雨骤然间落了下来。

陈择瑞站在阳台的窗边看雨，又一道闪电出现在眼前，径直劈落到对面"神秘小楼"的楼顶。

"咦，那是个什么东西？"

只见对面楼顶上被那道闪电劈中的地方，闪现出一片七彩的光。

"难道那里有什么宝贝？"

陈择瑞疑惑不解地想着，电视里、游戏中的情节不断地出现在他脑海里。

"一定要过去看看，万一真有什么宝贝，让别人捡了，那我不是亏大了！"

向来"财迷"的陈择瑞暗自拿定了主意。说走就走，他披上雨衣，蹬上雨鞋，冒着大雨，一溜烟地向那座神秘小楼冲去……

第二章 金属棒

陈择瑞为什么称它为“神秘小楼”呢？这件事要从一年前说起。去年夏天，他们家刚刚搬到现在的住处，所住的这栋楼共有29层，他们住在8层。房子是新买的，全家人都很高兴。陈择瑞和姐姐兴奋地东瞧西看，这里摸摸那里碰碰，瞧着到处都新鲜。

“咦，阳台正对面的那个小楼是干什么的呀？”陈择瑞最先发现了那个地方。在一片高层住宅的包围之中，有一个四四方方的大院子，围墙有两米多高，在南面和西面各有一道黑色的大铁门，院子中间是一座三层小楼，整个楼体都镶嵌着深浅不一的灰色瓷砖，看起来就像“数码迷彩”似的。

听到儿子的话，爸爸过来看了看：“是挺奇怪的，这个小楼看上去像是个办公的地方，应该有不少工作人员才对，院子不小，却一辆车也没有。”“我看看。”妈妈也凑了过来，“打扫得真干净！周围这么多树，地上连一片落叶都没有。”“所有门窗都是关着的，可是又这么干净，也不像被荒废了的地方呀！”姐姐也发出了疑问。“你们别操心了，说不定是什么‘保密机关’呢。这种事咱们老百姓可别掺和。”妈妈把大家都赶出了阳台，“家务不能都让我干吧？快去帮忙收拾房间！”

从此以后，爸妈再也没有提起过对面的小楼，但是陈择瑞和姐姐却不死心，一有时间就从阳台上往下瞧，还悄悄地在一起讨论过很多次。

“姐，昨天晚上我好像看到对面小楼的几个窗户里透出红的、黄的、蓝的亮光，总而言之一闪一闪的。”

“我也看见了，好像是什么仪器上的指示灯发出来的光。”

“姐，今天早上我看见一只猫在那院子围墙上面走，像是想进那个院子里，又好像是害怕什么，试了好几次也没敢跳，最后走开了。”

“是啊，那只小橘猫好可爱呢！我也经常看到它在这附近溜达。”

夏天过去秋天来了，环绕着神秘小楼院墙外的那些大树，叶子都黄了。一阵风吹过，树叶纷纷飘落了下来，而那院子里面仍然是一尘不染……

冬天到了，下了好大的雪，地面上、树枝上都积了厚厚的一层雪。“咦，那个小院子里、小楼的房顶上一丁点雪也没有！”陈择瑞更疑惑了。

搬到新家已经整整一年了，无论春夏秋冬、白天黑夜，陈择瑞竟然从没见到神秘小楼里有人进出过，那里始终保持着刚见到时的样子，这让陈择瑞觉得更神秘了……

这时的陈择瑞已经冒雨跑到了神秘小楼的围墙外，从小就很灵活的他三下两下爬到了一棵枝叶茂盛的大树上。他先往四周观望了一下，确定没有什么人注意他后，一伸手抓住了墙头。“哎哟！”他叫了一声，抬手一看，右手食指上出现了一条不是很长的伤口，血一下子就流了出来，混合着雨水滴落到了树下，原来院子墙头上的水泥里混合着一些碎玻璃。“真倒霉！”陈择瑞说。可是对神秘小楼长期的疑惑，再加上那个发出了七彩微光可能是宝贝的东西对他的诱惑，他顾不得伤口的疼痛，纵身翻了过去。

站在神秘小楼下抬头一瞧，在楼东北角的墙上有一个直通楼顶的铁梯子，这个梯子他和姐姐之前在家里的阳台上就看到过。陈择瑞手脚并用顺着梯子往上爬，一边爬一边想："希望真的是个宝贝，能让我一饱眼福。"

陈择瑞很快就来到了楼顶平台，他四下打量，发现平整而又干净的水泥地面上，有四个引人注目的乳白色的圆形东西，直径约有一米半，高度差不多能到成年人的腰部，就像是四个倒扣着的碗，底部露出同样是乳白色的圆柱体，整体看上去像是四个巨大的“口蘑”。“没时间研究这个了，找宝贝要紧！”他这样想着。

雨依然在不停地下，豆大的雨点打在地面上激起一阵阵水雾，把四周都笼罩了起来。这个楼顶平台面积也不大，他在一尘不染的地面上细细地搜寻起来，找来找去也没发现有什么不寻常的东西。“奇怪了，那个发光的宝贝怎么找不到呢？”他一边咕哝一边找，“我记得大概就是在这里啊。”根据记忆中的位置，陈择瑞来到了楼顶平台的一边。“没什么特别的啊！咦，这是什么？”一根食指粗细、有一个手掌长、黑不溜秋的像一节“金属棒”的东西突然出现在眼前，他伸手想把它捡起来，却拿不起来！这根金属棒好像有千斤重，就像嵌在了地上一般。他感觉右手的手指好像忽然被粘在了上面，刚刚被碎玻璃划破的伤口还在流血，血水混着雨水顺着手指流到这根金属棒上，然后就诡异地消失了。“不对，这东西在吸我的血！”陈择瑞大惊失色，“完了，我不会被这东西吸干血吧？我还年轻，可不想这么早就死啊！”他拼命地拽手，想把手从这根吸血的怪东西上拿开。

神奇的事情发生了，只见那根黑不溜秋的“金属棒”颜色慢慢变浅，从黑色变成了灰色继而又变成了白色，然后是红色、橙色、黄色、绿色、青色、蓝色、紫色，最后一道金光闪过，这根原本又黑又丑的小棒在依次呈现出彩虹的七色后竟然变成了一根金灿灿的“金棒”！这时，陈择瑞的手也可以拿开了。“古怪。”陈择瑞用脚轻轻一踢，这根变成了金色的金属棒滚到了一旁，“真是怪事，又能动了，刚才可是纹丝不动的。”他跑过去，用手指尖小心翼翼地碰了碰，小棒没反应，“不管了，先拿回去再说。”

陈择瑞顺利地从原路返回了家，脱下雨衣换下雨鞋，找了块创可贴处理好手指上的伤口，就研究起了那根金光闪闪的金属棒。“这东西不会是金子做的吧？”他把金属棒放到了嘴边，犹豫了一下，张嘴想咬。

“别咬我！”

陈择瑞一愣，哪里来的声音？他四处看了看，没人啊！爸妈还没下班，姐姐也没回来，只有自己一个人在家。奇怪，难道是进小偷了？

“谁，是谁在说话？”他壮着胆子颤声问。

“是我，主人。”

“谁？”

“我。”

“你是谁？在哪儿说话？”

“我，我就在您手里，您可以叫我‘如意金箍棒’，现在正在和您的心灵对话，我尊敬的主人。”

“谁？金箍棒？孙悟空那根？”陈择瑞疑惑地问，“真的假的啊？不会是骗人的吧？”

“不会的，我从来不骗人，更何况我们已经完成认主程序，您现在已经是我的主人了。而且您猜对了，我就是距今 1890 年前，被那只猴子当成兵器的如意金箍棒，我尊敬的主人。”

“不会吧，这也太奇幻了！齐天大圣孙悟空的如意金箍棒居然到我手里了？！”陈择瑞觉得自己脑袋一阵阵地发蒙，这一切是那么不真实，“那齐天大圣孙悟空现在在哪儿？”孙悟空可是他最崇拜的神话人物，本以为只是神话传说，听到这个金属棒的话连忙问道。

“很多年前，那猴子跟了个叫作唐三藏的和尚，变得神神道道，说是要放下屠刀，立地成佛。因为我的杀气太重，他强制和我解除了契约，去做他的斗战胜佛了，我尊敬的主人。”

“还真有这事啊！”陈择瑞听得一愣一愣的，“我还以为《西游记》那些事都是编的呢。”

“也不全是编的，有一部分是真的。”金箍棒继续说道，“那猴子认唐三藏当师父之前的事是假的，后面的事基本和书上写的差不多，我尊敬的主人。”

“那也够厉害了啊！你是如意金箍棒，那你真有 13500 斤吗？”

“那都是传说，我本身没有任何质量，只要没完成认主程序就不能让我移动半分，我在完成认主程序的主人手里轻如鸿毛，我尊敬的主人。”

“噢，我说呢！看你金灿灿的可又那么轻，我就怀疑你不是纯金的。”

“我的构成物质不是现在的主人您能了解的，我尊敬的主人。”

“嘿！你这么厉害不还是要管我叫主人！”

“您以为我想啊？谁让您的血落到我身上呢！我也没办法呀，我尊敬的主人。”

“你说的‘认主程序’又是怎么回事呢？”

“就是刚才，主人您的血液流到了我的身上，您的DNA信息被我接收，咱们建立了血脉联系，自动缔结了契约，认主程序就完成了。从今往后只要您不主动解除契约，我和主人就始终同为一体，即使这个宇宙毁灭也不会将我们分开。”

听到这里，陈择瑞瞬间一脑门冷汗：“停停停，别说得这么恶心，总而言之你不会是耍我玩吧？”

“我说的可都是实话，诚实是我的本质，我可从来不骗人！我尊敬的主人。”

“好吧，就算你说的是真的，可我要你这个会说话的棍子有啥用呢？现在又没有妖怪要打！”

“请您不要侮辱我！首先，我不叫棍子，您可以称我为如意金箍棒……”

“那不还是个棍子吗？”陈择瑞插话道。

“都说不是棍子了！我尊敬的主人。”

“好好好，那就叫你小金子吧。”

金箍棒也无奈了：“随便吧，只要别再叫我棍子就行。另外，只有之前那只猴子才会一直把我当兵器使，我的能力可是你们理解不了的！我尊敬的主人。”

“别吹了，还是来点实际的吧。《西游记》里不是说你可以随意变大变小吗？总而言之先变一个给我看看。”

“我是最诚实的，从不吹牛！只不过是改变一下体积而已，太简单了，变小我能变得人类的肉眼看不到，变大我又能变得无穷大。不过，变小随时都可以，变大可是会把这房子给撑破的，您还是先考虑考虑吧，我尊敬的主人。”

“真啰唆！我说棍子……哦不，小金子，你说了这么多，我什么也没见到，让我怎么能相信呢？”

“既然您已经成为我的主人，很快您就会相信我说的话了。”

正说到这里，那根自称如意金箍棒的金属棒上突然发出一阵耀眼的光芒，陈择瑞眼前一黑昏了过去……

第二章 改造

陷入昏迷的陈择瑞躺在地板上，整个身体先是不停地扭曲、抽搐，然后竟然开始了拉伸。原本身高刚刚 1.3 米的他，身体陡然间竟伸长了 55 厘米。随着身高的增加，全身肌肉也突显了出来，他由一个瘦弱的小男孩变成了身高 1.85 米、浑身肌肉的小伙子。变化还在继续，他紧闭着的双眼在不停地颤动，好像正经历着什么。他做了一个奇怪的梦，他梦见自己忽然长大了，然后又有许许多多各种各样乱七八糟的知识一股脑涌进脑袋里。“啊……”随着巨量的知识瞬间充斥脑海，他像是承受了难以想象的痛苦般发出了一声惨叫。

时间仿佛过去了千百年，又好像只是一瞬间，陈择瑞悠悠地醒了过来。当他睁开双目的那一刻，两道金光从他的眼中骤然射出，就跟当年神通广大的齐天大圣孙悟空出世时一模一样。“头好痛啊！我在哪里？我这是怎么了？”他心里充满了一连串的疑问。

“已经改造完成了，我尊敬的主人。”

“小金子，刚才发生什么事了？我怎么好像忽然晕倒了？准是你这家伙搞的鬼！”陈择瑞记起是那个自称如意金箍棒的东西放出亮光后自己就昏过去了。

“怎么可以这样说人家，我这可是在帮主人您呀！您先感受一下自身的变化吧，我尊敬的主人。”

“咦，怎么感觉凉飕飕的？我衣服哪儿去啦？”原来，陈择瑞全身上下仅仅挂着几根破布条，几乎裸体地躺在地上。“怎么房顶矮了？不对，是我长高了！”爬起来的他发现身上那几根布条就是自己原来的衣服，因为突然间长高衣服就都被撑破了。

“还是先找件衣服穿吧，虽然是在自己家，这样光着屁股也不合适啊。”陈择瑞发现，自己的衣服没有一件合身的了，他只好找出了爸爸的几件衣服穿在了身上，“正合适，好像还有一点点小呢。看来我现在已经比爸爸还要高了！”

“这算什么，您现在可厉害着呢！”金箍棒道，“还是让我来告诉您，现在的您所具备的能力吧，我尊敬的主人。”

原来，这根如意金箍棒不是只能变大变小、打个妖怪这么简单，他还可以对和其完成认主程序的生物进行改造。这个改造先从契约主人的身体开始，把主人的身高、体重、肌肉状态、体脂率、速度、力量等全身各项机能全部提升到最佳状态，甚至可以使身体“刀枪不入”。然后单独改造眼睛，因为眼球的结构复杂、神经丰富，并且距离大脑最近。经过全面改造后的眼睛就和当年孙悟空的“火眼金睛”一样。接下来是知识灌输，据金箍棒讲，它把地球从古至今所有文字记载过的知识全部储存进了陈择瑞的大脑，从古代各种发明创造、武功绝技到现代的所有科学技术，包罗万象，比全世界所有图书馆里的书加在一起还要多得多，其中竟然还包括筋斗云、七十二变等那些孙悟空会的法术。这一切就像金箍棒当年改造那只猴子一样，不同的是，那时候地球的科技水平比现在落后很多，所以陈择瑞比孙悟空还多接收了现代的各种科学知识。

“小金子，快告诉我怎么才能施展法术？”随着金箍棒絮絮叨叨地解释，陈择瑞的心情越来越激动，都快控制不住自己了，想赶紧一试身手。

“您先别着急呀，我尊敬的主人，听我慢慢跟您说。”金箍棒不慌不忙，“其实非常简单，所有的技能都储存在您的大脑里，需要什么只要一想，具体方法就会出现了，我尊敬的主人。”

“你这家伙还真是够啰唆，不知道《大话西游》里那个唠叨唐僧的原型是不是你。”陈择瑞心里暗暗地想。

“都跟您说过要尊重我了，您这样会让我很伤心的，我尊敬的主人。”

“我想什么你都知道？”陈择瑞疑惑地问。

“当然，咱们已经血脉相通了，您的所有想法我都会了解，我尊敬的主人。”

“怎么会这样？那我还有什么隐私可言啊！”陈择瑞有点愤愤不平。

“面对我您是不需要有什么隐私的。因为契约的关系，我所做的一切都是为了主人您，我不会做任何有损主人您的事，我尊敬的主人。”

“我的天哪！我这到底是走了大运还是倒了大霉呀？怎么就遇到了个这么能唠叨的家伙。我问你，我是你的主人，我的命令你是不是必须服从？”

“那当然，只要不是有损主人您的，我都绝对服从，我尊敬的主人。”

“好，我现在命令你从今往后不许再叫我主人，改叫老大。”

“遵命，老大。”

“等等，还有往后不准每句话后面都带着‘我尊敬的主人’，不然我真会疯掉的。”

“是，一切依照您的意愿！”

“不错嘛小金子，以后你就跟我混吧，我罩着你！”陈择瑞得意扬扬地说。

“您是不是先熟悉一下那些能力呢？”

“对了，让你唠叨得差点把正事儿忘了！”陈择瑞一拍脑袋，“先试哪个呢？就七十二变吧，我变……”

这时的陈择瑞蓦然消失在原地，他原本站立着的地方出现了一根大冰棍，而且还是那种他最爱吃的“网红双蛋黄冰棍”。

“变这个可不对，只能看不能吃呀，再让人给咬一口那可就糟糕了。”

只听那根一人多高的“双蛋黄大冰棍”刚刚说完，瞬间就变回了陈择瑞的模样。“挺灵嘛，再变一个！”

“嘭！”这回陈择瑞变了个小蚂蚁。

“哇，太神奇了，整个世界看起来都不一样了！”

陈择瑞一会儿变成个会飞的扫把，一会儿又变成一只凶恶的藏獒，玩得不亦乐乎。

“打住打住，您现在的能力可不只是变来变去呀！”

“对呀，我试试筋斗云！”陈择瑞一跺脚，“咻”的一声直接原地消失，没一会儿的工夫“嗖”的一下又出现了。

“哈哈，太棒了，以后想去哪儿就去哪儿，机票钱都省了！”

“对了小金子，我现在是不是也和孙悟空一样长生不老了？”

“是的，其实‘长生不老’只是由于您的祖先们对科学知识所知太少，无法了解人体的秘密而胡乱取的名字罢了，它真正的名称应该是‘生物体细胞脱氧改造’。您知道，现今地球上绝大多数的生物都需要氧气才能生存，而一个生物体从衰老到死亡的罪魁祸首恰恰就是氧气。氧气和生物体的细胞结合，不断发生氧化作用，使细胞持续地衰老然后死亡，最终造成了所属生物体的死亡。‘生物体细胞脱氧改造’就是针对这个理论，从根源上改造生物体全身的所有细胞，使之改变对氧气的依赖属性，摆脱被氧化的最终命运。所有的细胞不衰老、不死亡，生物体也就不会衰老、不会死亡，这样就达到了你们所说的‘长生不老’。”

“噢，我明白了，也就是说我现在不只是能够长生不老，而且还不需要呼吸氧气了，对吧？”

“是这样的。”

就在陈择瑞兴奋地接受自己的变化时，达力加山上空忽然出现一艘圆柱形、半透明状的不明飞行物。

“报告母舰，发现我们 1.89 天前迫降于此星球的探索 3 号飞行器损毁严重。根据飞行器主脑残留的信息，可以断定我们一直搜寻的目标物就在这个星球上，而且曾寄生于此星球某个生物体内，探索 3 号为了保存探索资料和隐藏目标物耗尽了所有能量。现将探索资料传回母舰，请求下一步指示。”

“资料收到，目标物已发现，发送目标物实时坐标，立即前往搜寻，不惜一切代价务必将目标物带回母舰。”

“小金子，我已经不需要呼吸氧气了，是不是可以去地球以外走走呢？”

“可以的，通过我对您身体的改造，您不只是不需要氧气，即使是在真空环境下一样可以很好地生存，并且您现在身体的抗压强度相当于地球上花岗岩抗压强度的2000倍，您还可以抵抗相当于太阳中心温度的2000万摄氏度的高温和接近绝对零度、零下270摄氏度的低温。”

“那我不是天下无敌了嘛！”陈择瑞兴奋得已经不知道自己姓什么了。

“只能说目前在地球上，您是无敌的存在。”

在家中兴致勃勃尝试各种神奇能力的陈择瑞，并不知道他的命运已然悄悄地发生了改变，神秘的存在正在向他接近……

第四章 天外来客

此时的陈择瑞正在厨房里，他把左手平放在一个菜墩上，右手举起一把大菜刀，一咬牙，一闭眼，狠狠地向自己的左手腕砍了下去。“当”，一声清脆的声音响过，他睁开眼睛，左手的手腕完好无损，而那把大菜刀的刀刃却崩了一个豁口！

“哈哈，别人都说‘武功再高也怕菜刀’，总而言之，我现在是武功又高还不怕菜刀！那些网购了整天喊着要‘剁手’的人，有谁敢像我这样真剁的？小金子，你这个改造也太厉害了吧！”

一巴掌长的金箍棒得意地飞起来，围着陈择瑞转了一圈：“那当然了，我这种改造可是全宇宙独一份呢！”

“既然这么厉害，你就帮我把爸爸妈妈和姐姐都改造了吧，总而言之那样我们全家就都比超人还超人了！”

“这我可办不到。”金箍棒落了下来，小声说道。

“我的命令你不是绝对服从吗？”陈择瑞不解地问。

“我只能对和我完成认主程序的生物进行改造，且每个生物和我只能有一次认主机会，一旦解除就无法再次认主。认主程序完成后只有两种解除方式，一种是契约主人主动强制解除，另一种就是契约主人自然死亡。如果契约没有解除，我的主人非自然死亡，就会触发我的毁灭程序，到那时这个宇宙将不复存在。”

正当陈择瑞和金箍棒谈论着的时候，窗外悄悄浮现出一个半透明圆柱形的物体，这个物体飘浮在半空中，还没有人发现它的存在。“咦？”陈择瑞好像察觉到了什么，双眼死死地盯住了窗外，从他的眼中射出两道金光，“那是什么？”与此同时，那个圆柱形的物体中部发出了一片柔和的蓝光，一下就把陈择瑞和金箍棒笼罩其中，他只觉得眼前一花就出现在了一个奇异的地方。

这地方好像整个都是玻璃做的，飘浮在空中，身在其中可以清晰地看到外面四周的景物。

“这看起来不像是个飞行器呀？”

陈择瑞的大脑中虽然已经被金箍棒灌输了海量的知识，但也只限于地球上已有的信息，眼前的一切已经超出了他的认知范围。他好奇地东瞧西看，这里只有两个白色半圆形、好像座椅似的东西，除此之外空无一物。

“难道是 UFO？我被外星人绑架了？你怎么不说话了，小金子？”

那个一直絮絮叨叨的金箍棒此时正静静地躺在他的脚边，一动不动，一声不吭。“你哑巴了？怂了？不一直挺厉害的吗？”他轻轻踢了一脚金箍棒，它还是一动不动。

“有人吗？就算绑架我也要露个面呀，这算怎么回事呀！”

“你好，地球人。”

随着一个分辨不出男女的奇怪声音从脑中响起，陈择瑞面前出现了一个和他身高差不多，看起来二十来岁的男人，这个男人一头金色短发，穿着一身合体的白色西装，长得俊美异常。

“管我叫地球人？那你就是外星人啦？你长得跟地球上的人也没有太大差别呀。”见到这个忽然出现的家伙，也许是因为刚刚得知自身的强大吧，陈择瑞没有一点害怕的意思。

“我不是人。”那个金发男人的声音又在陈择瑞脑中响起了。

“不是人？难道是鬼？！”陈择瑞倒退两步，做出了随时准备逃跑的样子。别看他平时胆子好像很大，可一提到鬼就害怕了。

“地球人你误会了，我是说，我不是你们所定义的‘人’，用你们的话讲我应该是机器人，外星机器人。”这个金发男人解释道。

“机器人？还是外星的？”听到这里，陈择瑞不害怕了，走到这个外星机器人面前，捏了捏他的胳膊，又摸了摸他的脸，“做得和真人一模一样，还有体温呢！”陈择瑞惊奇地说。

“我和你们地球上的机器人可不一样，你们那个最多算是机器，离机器人还差得远呢。”外星机器人继续解释着，“我是由生物材料制造的，不仅有体温，还可以学习和思考，并且具有情感。我们是批量生产出来的，与人类的区别主要是内部构造上没有性别之分。我们被预先植入了程序，靠原子聚合能量运行，我们正式的名称是‘仿生人’。”

“‘仿生人’？真够先进的！你叫什么名字？是你把我带到这里来的吧？带我来这里有什么目的？”陈择瑞提出了一连串的问题。

“我的名字只是一组编号，对你来说没有任何意义。把你请到这里当然是有原因的，具体情况等你到母舰上就知道了。”

“母舰？在哪里呢？上面也是一群机器人吗？”现在的陈择瑞满脑子都是问号。

“到了自然会有人给你解释的，咱们走吧。”这个仿生人的话音刚落，圆柱形飞行器就融入了天空中。

消失在陈择瑞家窗外的半透明圆柱形飞行器，下一刻出现在了一个满目荒凉并布满大大小小陨石坑的小型星球上。

“这里是……是月亮！”陈择瑞惊讶地发现所在星球的不远处，有一颗蔚蓝色的星球，像极了在电视上看到过的地球，就距离和外形来看，现在自己无疑就身处月球之上。“真快啊！比筋斗云还快！”他感叹道。要知道，地球到月球之间的最近距离也要约 36 万千米，筋斗云翻一次才十万八千里，也就是 5.4 万千米，从地球到月球起码要翻六个半筋斗才差不多能到，而这个外星飞行器眨眼就到了！

只见这飞行器缓缓地围着月球转了半圈，绕到了月球的背面。一艘由四根棱柱体组成，像是缺少一个小指的巨掌般的飞船出现在眼前。陈择瑞乘坐的飞行器慢慢地降落下来，和大飞船对接到了一起，正好补齐了那个“缺失的小指”，使其变成了一个完整的巨掌。

在与母舰成功连接后，他被那个仿生人带到了母舰的中央控制仓。这是个十分宽阔的空间，并没有像地球飞行器里的那些机器、仪表等复杂装置，只有正中间五个固定在地面上的呈手指型排列的半圆形座椅。

“地球朋友，欢迎你的到来！”

随着陈择瑞脑中出现这个声音，中间最高的那个座椅上站起来一个身高两米左右的壮汉。这人头大如斗，黑色的短发钢针一般根根竖立，两道浓浓的扫帚眉下面是一对铜铃般的大环眼，狮鼻阔口，浑身肌肉虬结。

“这家伙可真丑。”陈择瑞一边想着一边问道，“你也是仿生人？”

“不，我和你一样都是自然形成的生物，而且我就是你们所说的外星人，你可以叫我莱克。”

那个壮汉虽然长得凶神恶煞，但语气倒是十分和蔼。

“原来外星人就长这样啊，看起来跟张飞似的。”陈择瑞心想。

“莱克，你们从哪里来？抓我来是什么意思？还有，你们外星人都这样交流吗？怎么声音都是直接出现在我脑子里？你们外星人经常抓地球人做实验吗？”陈择瑞发出了一串连珠炮似的提问。

“好好好，咱们时间有的是，坐下来听我慢慢跟你说。”叫莱克的外星人让陈择瑞坐在他的旁边，慢条斯理地讲了起来……

莱克来自位于天鹅座北美星云（NGC 7000）距地球 1500 光年的塔里亚星，他们星球所处的恒星系要比地球所处的太阳系大得多，是由一颗大恒星五颗小恒星和十三颗行星组成的。塔里亚星自转非常缓慢，而且有六个“太阳”轮番升起，每隔 500 个地球年才会形成统一轨道同时落下，再过 500 个地球年“太阳”会同时升起，所以塔里亚星的 1 天就相当于地球上的 1000 年。塔里亚星围绕这六颗恒星公转一圈也同样是 365 天，不过这 365 天是指塔里亚时间，若换算成地球时间，塔里亚星的 1 年就等于地球上的 365000 年。

对于把陈择瑞带到这里来的原因，莱克是这样解释的：塔里亚星人长久以来一直在探究一个传说，一个在宇宙许多文明中都流传的神秘传说，在这个传说中有一个能解开宇宙终极奥秘的“诸神之杖”。为此他们派出了很多由智脑控制的无人驾驶探索飞行器去探索，其中的探索3号飞行器最终在地球历公元129年，从位于银河系第三旋臂的太阳系中的地球上发现了诸神之杖的踪迹，但是探索3号却因意外事故坠毁了，而且没有传回任何信息。塔里亚星人发现探索3号突然失去联系，认为一定是有突发事件出现，长老院经过1.89个塔里亚日的讨论和协商，选出了莱克执行这次对探索3号的搜救任务。莱克带领仿生人驾驶这艘飞船，沿着探索3号消失的轨迹找到了这里。当他们来到地球附近后，发现探索3号已经完全报废，他们通过遗留的信息搜寻后发现了诸神之杖，没想到诸神之杖已经和陈择瑞完成了认主程序，无奈之下只好把他和诸神之杖一起带了过来。

关于沟通的问题，据莱克讲，因为宇宙间没有通用语言，所以星球与星球之间的智慧生物大多采用脑电波进行沟通交流。

莱克告诉陈择瑞，自从地球历公元129年探索3号在太阳系外围制造了厚度达10亿千米的空间壁垒后，就已经没有外星生物到访过地球了。至于其他那些所谓不明飞行物、外星人事件等，都不是事实。

听完莱克的这番长篇大论，陈择瑞的疑惑总算是解开了一小部分，但是随之而来的是更多的疑问：“总而言之我还是有很多地方不明白……”因为刚刚听到的这些的确匪夷所思，超出了地球科学的范围，陈择瑞在努力地组织着语言。

“这样吧，我代表塔里亚星真诚地邀请阁下到我的母星做客，到了那里你一切的问题都会找到答案。”莱克十分诚恳地说。

“去你们的星球？我记得刚才你说塔里亚星距离地球有1500光年，我们要多久才能到啊？”

“这点你不用担心，我的这艘飞船是运用空间折叠技术进行星际航行的，只要知道两点的空间坐标，转瞬之间就可以到达目的地。”

就这样，陈择瑞跟随外星人莱克踏上了前往塔里亚星的旅途……

第五章

目的地——塔里亚星

莱克坐在正当中的那个座椅上，也不见他有什么动作，但巨掌形飞船却缓缓地升空了。从内部向外看去，整艘飞船都是透明的，他们仿佛处在一个巨大的气泡里，飘浮在宇宙中一般，飞船外的景象一览无余。

莱克推了一下手中的一个操纵杆，陈择瑞只觉眼前漫天的星辰瞬间化为了一道道流光，飞船在快速地穿梭着。当飞船的速度慢下来时，他们已经到达了太阳系的边缘地带。只见一个类似于结界的巨型球体，将整个太阳系包裹在其中。“这就是探索 3 号制造的空间壁垒，只允许含有塔里亚星生物基因密码的飞行器通过。等一下在进行空间折叠的过程中，你可能会感到一些不适，不用担心，一会儿就好。”莱克解释着，随后他向这艘飞船的智脑中控系统发出了指令，“目的地，塔里亚星，出发。”

“塔里亚星，确认坐标 TY15.2.5837.1598，开始进行空间折叠……”随着智脑机械式的声音响起，只见飞船外的满天繁星突然一片模糊，陈择瑞感到一阵阵天旋地转，思维已经不受大脑控制。

这种感觉只持续了十几秒，再看外面，一大五小六个“太阳”发出耀眼的光芒，沿不同轨道围绕这六个“太阳”缓缓旋转的是十三颗大小不一的行星。“已经到达塔里亚星系了。”莱克对着吃惊得张大了嘴巴的陈择瑞说道，“十三颗行星中，中间位置的第七颗紫色的行星就是我的母星塔里亚星。旁边第六和第八颗行星是供我们居住的移民星球，其他十颗行星都是资源星球。”

莱克所说的母星塔里亚星，是一颗无比巨大的行星，太阳系里最大的行星木星也不到它的百分之一。据莱克讲，塔里亚星的直径达到惊人的1630万千米，整个星球的75%都被一种叫作“拉姆”的紫色植物覆盖，这种植物也是塔里亚星所有人和动物的食物。紫色的拉姆有很多种形态，不同的形态拥有不同的味道，而且不需要烹饪就可以直接食用。因为有拉姆的存在，塔里亚星人自诞生以来就从没为食物发过愁。

“咱们快走吧，总而言之我都等不及想尝尝拉姆的味道了！”陈择瑞催促着。

“想吃东西还要等一等，我必须先带你去长老院，长老们都在等着你呢。”莱克边说边控制操纵杆，飞船向塔里亚星飞去。

塔里亚星不存在国家和政权，也没有警察、军队、法院、监狱，只有一个“长老会”，而且只有在关系到塔里亚星生存的问题上长老们才会出现，整个文明的所有人类都处于自治状态。

“那你们靠什么维护公平和秩序呢？”陈择瑞不解地问。

“公理，我们每个人的所作所为都以公理为基础，没有任何人会违反公理，每个人都是平等的，没有贵贱之分，如果出现矛盾，大家都会用公理来评判是非对错。”莱克说，显然他对这种社会形态十分满意。

他们的飞船降落在被一片湖水环绕的小岛上，因为长满了拉姆，整个岛都是紫色的。小岛中央是一个足有几十层楼高的巨大的银灰色半圆形建筑，整个建筑没有任何棱角，散发着柔和的金属光泽，这就是塔里亚星长老院。陈择瑞和莱克走下飞船，来到这个建筑物前，只听莱克发出了一串急促而低沉的声音，半圆形建筑物随之缓缓地裂开了一道“缝隙”，说是缝隙，但也足够并排行驶两辆小汽车了。

进入长老院的陈择瑞，立刻被正中央端坐在类似蒲团一样东西上的五个人吸引了，白、紫、黄、蓝、红，五个人五种肤色，从左到右依次坐着。最左边皮肤白皙、拿着一株紫色拉姆正往嘴里放的是个小男孩；旁边紫色皮肤紫色头发、眉眼含笑的是个年轻漂亮的女人；中间位置黄色皮肤、低眉垂目的是个白发苍苍的老头儿；老头儿旁边蓝色皮肤、头上还插着蓝色花朵的是个老太太；最右边红色皮肤、仪表堂堂的是个中年男人。在这五人面前还有两个空着的“蒲团”，莱克示意陈择瑞坐在了其中一个上面。

“老头儿老太太，两口子带个孩子，总而言之，这是一家子凑齐了吗？”陈择瑞小声嘀咕着。

“别胡说，这可是我们塔里亚星长老院的五大长老！”莱克不满地瞪了他一眼。

“尊敬的地球朋友，诸神之杖的掌控者，我们代表塔里亚星欢迎你的到来！”随着一个苍老的声音在陈择瑞脑中浮现，中间那个黄脸老头儿抬手向他示意。

那个皮肤白皙、长得活泼可爱的小男孩用手指着陈择瑞说:“地球朋友，你的事我们都已经知道了，既然你已经来到我们这里，就好好地玩玩吧。”

“小帅哥，你已经被诸神之杖改造了吧，我们这儿的美女可是不少呢，要不要姐姐给你介绍个女朋友呀？”紫色皮肤的漂亮女人冲着陈择瑞发出了一阵笑声。

“小伙子，来到我们这里你可以学到很多东西，等将来回去，你也可以帮助地球尽快地提升文明等级了。”蓝色皮肤的老太太语重心长地说。

“诸神之杖既然已经与你完成认主程序，我们会尽最大的能力来保护你，同时这也是为了保护整个宇宙的所有生物。”红脸中年男人向陈择瑞点了点头。

“这都是哪儿跟哪儿呀！你们说的我不明白呢。”陈择瑞嚷嚷着，“你们说的诸神之杖就是这根棍子吧？自从你们的人出现，这根棍子就没反应了。总而言之这根棍子到底是干吗用的？”

“不是跟你说别叫我棍子了吗？”握在手里的金箍棒一颤，向陈择瑞说道。

“我还以为你突然哑巴了，这些外星人一出现，你怎么就没反应了呢？”

“我是在观察和了解这些生物有什么企图。在无尽的岁月中，曾经有无数的智慧生物想要得到我，我不知道他们的目的是什么，只听说是跟什么秘密有关系。不过也不用担心，现在咱们已经完成了认主程序，除非你自愿解除，否则任何人都拿咱们没办法。不过，为了以后方便，还是像那只猴子一样让我藏在你耳朵里吧。”说完金箍棒就变成了绣花针大小，飞进了陈择瑞的右耳中。

“呃……小金子，你是不是该尊重我一下，这可是我的耳朵呀，问都不问说钻就钻啊！”

陈择瑞对这根棍子实在是无语了。他和金箍棒的这番交流只用了极短的时间，面前的大长老们都没有什么反应，也不知他们是没注意还是不在意。

这时，小男孩模样的长老说：“诸神之杖是很顽皮的，从古至今无数的智慧生物都在寻找它，也有人得到过，但因为不知道如何完成认主程序而错失了机会。据说，发现诸神之杖后如果不马上进行认主程序，它随时都可能自行离开，任何人都无法阻拦。我听说，某个星球上的智慧生物发现了诸神之杖，为了防止丢失，把它封在了自家星球的内核。你知道结果怎么样？哈哈！结果诸神之杖竟然把这个星球钻了个对穿，差点让这个星球上的生物都灭绝了！”

“流传在宇宙无数文明之中的那个传说十分模糊——宇宙的终极奥秘到底是什么？所有的智慧生物都想知道这个答案！只有诸神之杖的掌控者才有机会解开这个谜。而现在最有希望解开这个谜的人就是你，我幸运的地球朋友。”陈择瑞脑中再次响起了黄脸老头儿那苍老的声音。

“宇宙终极奥秘什么的，关我啥事呀？总而言之我来你们这里只不过就是想瞧瞧外星人罢了。”陈择瑞一副事不关己的样子。

“呦，小帅哥，别忘了你可是在我们的星球上呢！现在咱们到底谁才是外星人呀？嘻嘻！”紫色的美女长老笑盈盈地瞧着他。

“总而言之在我看来，只要不是地球人，就都是外星人。”陈择瑞的脸一红，把头扭向一边，不去看那个女人。

“嘻嘻！这个小帅哥害羞了呢。”

“好了，别再逗他了。”那蓝色的老太太阻止了紫色美女的玩笑，“尊敬的地球朋友，我们这位长老平时总爱开玩笑，希望你不要介意。关于探索宇宙终极奥秘这件事你可以不去想，但既然命运安排你成了诸神之杖的掌控者，我相信总有一天，宇宙的终极奥秘必将会在你手中解开！”

红脸中年男人接着说：“地球朋友，既然来到了这里，就好好参观游览一下，了解了解我们这里的风土人情吧。莱克是我们塔里亚星的勇士，从现在起他就是你的导游了，并负责保护你的安全。”

“保护我？没搞错吧！我还需要别人保护？总而言之，别看你们这位勇士莱克块头大，打起架来还真不一定是我的对手。”陈择瑞大大咧咧地说。

“你……”

莱克刚要说话，又被蓝色的老太太给拦下了：“不，尊敬的客人，您误会了，我们的意思是，莱克毕竟比您更熟悉这里，有他跟在身边您不就可以更好地游览了嘛！”

“就是啊，你初来乍到的，也不知道哪里好玩，有莱克给你当导游不就方便多了？”小男孩模样的长老也接话道。

“如果只是当导游还是可以接受的。”陈择瑞想，人家老太太都用上敬语了，总要给这些长老们一点面子，再者说自己人生地不熟的，也的确需要一个导游。

“那就这样了，地球朋友，祝你在这里玩得开心。莱克，先带我们的朋友去学校吧。”黄脸老头儿说完就把眼睛闭上了。

“去学校干吗？”还没等陈择瑞说完，莱克就拉着他急匆匆地离开了。

第六章 维娜

莱克拉着他刚走出长老院，身后那道“裂缝”就缓缓地闭合了。

“你着什么急呀？我还有好多问题呢！”陈择瑞不满地看着莱克。

“长老们的意思已经很明确了，你有什么问题可以问我。”莱克一本正经地说，“我们塔里亚星人很多年都不一定能见长老一面，今天长老们跟你说了这么多，已经是很罕见了。”

“那好吧，有个问题我一直很好奇，你们塔里亚星人一共能活几分钟呀？”

“为什么这么问？”莱克对陈择瑞为什么提出这个问题十分不解。

“其实这个问题我老早就想问了，一直都没有机会。总而言之你之前曾说过，塔里亚时间1天就相当于地球上的1000年，塔里亚时间1年也是365天，换算成地球时间，塔里亚时间1年就等于地球365000年。那你们塔里亚人的寿命是……”

陈择瑞欲言又止。

“哦，你是说这个啊，我们塔里亚人的平均寿命大约是100 塔里亚年。”莱克神色平常地说。

“啊！ 100 塔里亚年！那不是相当于地球 3650 万年嘛！”陈择瑞的嘴巴张得足以吞下一整个西瓜了，“我们地球人类的文明史从新石器时代到现在，才不过 1 万年时间，你们塔里亚星上的一个人竟然能活 3650 万年！”

“关于这个问题你完全不需要惊讶，对于时间、空间与生命的理解，地球还比较落后，但是你很快就会明白的。”

莱克带着他边走边聊，很快来到了长老院的后面，在一片长满拉姆的平坦草地上停放着一排白色的像雪橇一样的东西。莱克迈步上了一辆，说：“来吧，咱们去学校。”

“又是学校，刚才那个长老就说让我去学校，这到底是怎么回事啊？”陈择瑞疑惑不解，磨蹭着上了“雪橇”。

“咱们边走边说吧。”莱克启动了这辆“雪橇”，“呼！”只见“雪橇”腾空而起，化作一团白光向着远处飞驰而去。

莱克介绍，他们正在乘坐的是一种叫作“飞梭”的交通工具，最快可以达到音速的 100 倍，是塔里亚星人常见的交通工具，就像地球上的汽车一样普遍。现在要去的“学校”，其实是按照地球人的习惯来称呼的，塔里亚语的意思应该叫作“传承学院”。每个塔里亚星人都会到那里接受传承，任何人都可以借此立刻掌握所有的知识，包含塔里亚星从古至今所有的科学技术和文明成果，以便更好地融入社会。

脑电波沟通的速度是极快的，一瞬间，陈择瑞就了解了所要去的地方。他们降落在了一个停满了各种飞梭的巨型广场上，广场前面有一座沧桑的古堡，环绕这座古堡的是一棵棵巨大的紫色拉姆树，地面上的拉姆草像是块无比宽大的紫色地毯，一直铺向天际。“这就是传承学院，看到了吗？停在这里的飞梭都是来接受传承的人乘坐的，其中有我们塔里亚星人，也有其他星球的访客。”莱克带他向着古堡走去。

“你们塔里亚人倒是很大方嘛，对自己的科技成果都不保密吗？”陈择瑞实在是不明白，如果在地球，大到国家，小到个人，都很珍视自己发明创造出来的东西，一般不会无私地送给别人，更别说是高科技成果。塔里亚星人却能把整个星球所有的文明成果全部拿出来与大家分享，甚至对其他星球的生物也不例外，这在地球实在是难以想象的。

“这很正常啊，想要使文明更快进步，广泛分享是必要条件之一，把所有人的智慧无私地集中在一起，才能取得更快更大的进步。如果每个人都敝帚自珍、不懂得共享的话，那这样的文明发展的速度就非常缓慢，终有一天会被宇宙淘汰。”

莱克的这一番话让陈择瑞感到一阵羞愧，塔里亚星人既有自身的寿命优势，又有如此无私的精神，也难怪能在科技发展上超越地球无数年。

难道地球人就没有人发现这个问题吗？不！陈择瑞想到了古代中国就已经有人意识到了，但是后世的人却没能领会其深意。在儒家《礼记·礼运》篇中有“大道之行也，天下为公”，“公”就是指无私的奉献精神。只有全人类都具有大公无私的奉献精神，人类文明才能步入快速发展的正确道路啊！

此时在小岛上的长老院中，整个建筑封闭着，银灰色的内壁上虽然见不到光源，却始终散发出柔和的光线。白、紫、黄、蓝、红五位长老依然坐在那里，他们五人其实也是塔里亚星上五行的掌控者。自从陈择瑞离开后他们就一直在讨论着。

“黄老，咱们是不是对这个地球小子太客气了？虽然他得到了诸神之杖的认可，但毕竟只是来自一个仅有0.3级的低级文明星球，对于这种等级的文明我们完全可以无视。”火之掌控者、那个红脸中年男人不屑地说。

“不要轻易地小看一个人，红忠，这个毛病你可要改改了。”水之掌控者、蓝色的老太太大有深意地看了他一眼。

“是呀，你这总是瞧不起人的毛病可不是一天两天了。”紫色美女是木之掌控者，她接着道，“虽然这个小帅哥来自低级文明，但他毕竟已与诸神之杖结合，传说中诸神之杖可是能够赋予掌控者很多神奇力量的。”

“紫魅说得对，我看这个地球人有恃无恐的样子，说不定真的掌握了某种强大的能力，不然一个来自0.3级文明的人，到了我们这里怕是早就吓瘫了。”金之掌控者正是此时说话的那个看起来活泼可爱的小男孩。

“我说的是事实啊，就凭现在的地球生物的社会状态，再过100万年也无法达到我们目前的科技水平！你们……”

“好了！白刃、紫魅、蓝婆婆、红忠你们都不要争了！现在需要明确的是，诸神之杖已被这个地球人彻底掌握，虽然他只是来自一个文明等级仅有0.3级的星球，但是据目前的情况，已经无法改变这个事实。我们所能做的，首先是要绝对保证他的安全，同时这也是在保护我们自己和全宇宙的所有生物，然后通过这个地球人来慢慢了解诸神之杖，最终解开宇宙的终极奥秘！”随着代表大地的土之掌控者黄老那沧桑的声音响起，其他四位长老都沉默了，长老院又恢复了往日的寂静。

刚刚进入传承学院大门的陈择瑞和莱克，这时正站在一个足以容纳上万人的大厅里，四周的墙壁装饰着精美的壁画。据莱克讲，壁画描绘的是塔里亚星人自诞生以来的发展史。整个大厅除了他俩一个人也没有。

“现在是用餐时间，所以这里没有人。”莱克解释着。

“哎呀，我尿急。莱克，你们这里的洗手间在哪里？”陈择瑞捂着小肚子问道。

“洗手间？哦，你是说‘能量转化物排泄站’吧。前面左转……”

没等莱克说完陈择瑞就急匆匆跑了过去，边跑边嘟囔：“这外星人倒是够直观，管厕所叫‘能量转化物排泄站’！”

顺着莱克所指的方向，他来到了并排着的两个门口，一个门上有个正三角形图案，另外一个门上则是个倒三角形。

“这个……到底哪个是男厕啊？憋不住了，不管了，估计都在吃饭，反正也没有人，随便吧。”陈择瑞这样想着，伸手就推开了有着倒三角图案的大门。

“啊！”

随着一个女人高亢的尖叫声，陈择瑞还没等看清里面的样子，就连忙退了出来。

刚关上的门又被打开了，一个穿着白大褂、满脸络腮胡子的男人走了出来。

“刚才是你！”

陈择瑞和“络腮胡子”异口同声地说道。陈择瑞上前一把揪住“络腮胡子”的衣领：“说，你刚才在里面干什么了？”

“你干什么？快松手！”

“络腮胡子”使劲挣扎着，但根本不是被金箍棒改造过的陈择瑞的对手，无论如何也挣脱不开！

“总而言之，干了坏事你别想跑！”陈择瑞说着又看了看那间能量转化物排泄站的大门，静悄悄地，里面一点声音都没有。

“里面的女士请出来吧，坏人已经被我抓住了！”陈择瑞说完等了一下，可里面还是没有什么反应。

“奇怪了！说吧，刚才在里面你都做了什么？”他对那个“络腮胡子”问道。

“做什么？在这里还能做什么！你快点把手松开！”“络腮胡子”依然没有放弃挣扎，但其力量和陈择瑞比起来就如蚍蜉撼树一般。

“松开？松开你就跑了！”陈择瑞可不会上这个当，抓着衣领的手像铁钳一样毫不放松。

“我为什么要跑？是你闯进了雌性专用排泄站！”那个“络腮胡子”理直气壮地说。

“呵呵，真是笑话！既然知道是‘雌性’专用的，去照照镜子看你是什么性别？”陈择瑞觉得这个家伙实在是不可理喻。

“你……”

“你什么你！我还以为你们外星人都多么高尚呢，原来你们这里一样有坏蛋啊！”

这时，听到争吵声的莱克赶了过来：“快放手！这是学院的维娜教授！”

“呦，这个名字还真像个女人！”陈择瑞看莱克到了仍然不肯放手，“这个家伙刚才不知道在里面偷窥还是做什么，我听到有个女人的声音在尖叫。”他向莱克解释道。

“我的朋友，你误会了！这是我们塔里亚星传承学院的生物学家维娜教授！”

“教授？应该是‘嚎叫的野兽’吧！生物学教授就专门钻女厕所吗？总而言之你还是快去问问里面的女士有没有受伤吧！”

“唉，你太冲动了，都跟你说是误会了！你先把手松开，听我慢慢讲。”

原来，陈择瑞抓着的正是塔里亚星著名的生物学家维娜教授，她的父亲是已故的塔里亚星顶级科学家维斯特教授，母亲是来自摩羯座的访问学者缇娜。他们的女儿，身为星际混血儿的维娜，一出生就被发现基因存在突变现象，这个基因突变的结果就是维娜情绪一旦产生剧烈波动，外貌特征就会改变，直到情绪恢复平稳才能复原，简单说就是维娜一激动就会变成男人。所以，刚才维娜正在使用雌性专用排泄站，陈择瑞突然闯了进去，造成维娜“情绪剧烈波动”，从而使得她的外貌特征发生了改变，最终造成了这个误会。

“我的天！竟然还有这种事？真是宇宙之大无奇不有啊！”陈择瑞惊讶地说。

“你……你闯雌性专用排泄站还有理了！”此时的维娜已经恢复了本来面目，她皮肤白皙、身材高挑，清爽的齐耳短发给人一种轻盈与灵动的感觉，乌黑的大眼睛下面是小巧而挺翘的鼻子，樱桃小口微微张开，整个人看起来优雅又不失俏皮，完全看不出和刚才的那个“络腮胡子”是同一个人。

“嘿嘿！不知者不怪，我这不是第一次来这里嘛！总而言之您就大人不计小人过，多多包涵吧。”陈择瑞讪讪地笑着，满脸的窘迫。

“好了，都是误会，说开就好了，大家交个朋友嘛。”莱克打着哈哈想缓解一下尴尬的场面。

“哈哈，是啊，咱们认识一下，我叫陈择瑞，来自地球，刚才对不起了。”

“哼！地球人都像你这样不分青红皂白吗？”维娜还是有些生气。

“维娜教授，这位地球朋友可是大长老们都很看重的呢，这本就是个误会，您就多包涵吧。”莱克好像很忌惮这个维娜似的。

“连大长老都很看重他？”维娜一副吃惊的样子。

“是啊，这位地球朋友刚刚见过大长老们，这不，正准备来接受传承呢。”

听了莱克的话，维娜的表情也缓和了下来：“既然这样，你们就快去吧，我还有实验要做，先告辞了。”说完便转身离开了。

“这个女人还真神气！”陈择瑞觉得自己已经很诚恳地道歉了，结果人家都没拿正眼瞧他一下，搞得他很没面子。

“我的朋友，你不了解情况，维娜教授刚才已经是给足你面子了，换个人这件事早就翻了天了！”莱克庆幸地说，“咱们还是快点走吧，去晚了可是要排大长队的。”

“啊，我还没有去能量转化物排泄站，稍等一下。”陈择瑞这才急匆匆地去了。

第七章 2级文明

陈择瑞和莱克经过大厅，来到了一个房间的门口，莱克轻轻一敲便推门走了进去。这个房间也是极大的，就跟陈择瑞他们学校的大礼堂差不多大小。房间的尽头有一个不断滚动着各种符号和图案的巨型屏幕，屏幕下方是个类似吧台的长桌，桌子后面坐着一个绿发尖耳的小姑娘，她有着圆圆的大眼睛，长得像电影里面的精灵一样。莱克手中变戏法一样地出现了一个土黄色手掌大小的金属牌，然后把这个金属牌向那个精灵似的小姑娘递了过去。

“大个子，闪开！”随着一声呼喊，一个狼头人身的怪物伸手就推了莱克一把，只见莱克身子微微一晃，站在原地纹丝未动。

“呦，劲头不小啊，推你都不动，没听到我的话吗？”那个怪物的狼脸上闪过了一丝阴狠。

“你有什么事情吗？”莱克问道。

“你这大个子是缺心眼吗？来这里还能有什么事，当然是来接受传承啊！”狼头怪物斜眼看着莱克。

“后面等着去，没看见是我们先来的吗？下一个才轮到你。”莱克好像不想和这个怪物多纠缠。

“等？你让我等？你知道我是谁吗？”狼头人挺着胸，一副大人物的样子，“我可是来自大犬座天狼星的斡礼恒王子！是受塔里亚星议长的邀请来访问的！是塔里亚星贵宾中的贵宾！”

“真不谦虚！”一旁的陈择瑞忍不住说道。

“你是什么人？怎么敢这么说本王子！不想活了吗？”斡礼恒王子大怒。这时，外面急匆匆跑进一男一女两个人，对着那个狼头王子耳语了几句。那斡礼恒脸色变了几变，转身跟着那两人就走，临走还不忘放狠话：“地球小子是吧，你给我等着！”

“这位爷是谁呀？”陈择瑞有些莫名其妙。

“就是个二世祖，不用理他，咱们还是快办手续吧。”莱克像是不愿意多谈论这个人。

很快，手续就办完了。“已经按照大长老的意思安排好了，在第 AAA1598 传承室，您可以带他去接受传承了。”精灵样子的小姑娘笑嘻嘻地对莱克说。

“好的，多谢你了。”莱克说完，领着陈择瑞向外走去。

刚出门口，陈择瑞就被外面的景象吓了一跳。刚才还空空荡荡的大厅现在挤满了各种各样奇形怪状的生物。有的是猪头人身，有的是人面狮身，还有的是人身蛇尾，更奇怪的是一个有着人的身体的生物，但在本该是脑袋的位置却是一颗向日葵！当然也有和陈择瑞他们外形一样的人，男女老幼都有。

“哎哟，你踩我眼睛了！”

就在陈择瑞觉得脚下滑溜溜的时候，突然传来了一个声音。低头一看，只见脚下踩着一个跟地球上的鼻涕虫似的软体生物。

“实在对不起，鼻鼻科游先生，这是我们大长老邀请来的地球朋友，第一次来，对这里不了解，请您多包涵。”莱克赶忙上前帮他解释。

陈择瑞也连忙抬起脚道歉：“真抱歉，我没看到您，总而言之对不起了。”

“哦，是地球朋友啊，你们的星球我听说过，既然是大长老的客人那就算了，以后注意点吧。”说完，那个“鼻涕虫”晃动着两根触须般的眼睛爬开了。

“莱克，那是龙吗？”陈择瑞突然发现，在大厅熙熙攘攘的人群上空，盘旋着一条上百米长的五爪金龙，就和中国古代神话中描述的神龙一模一样。

“你说他呀，那是来自天龙座科学院的敖广教授，这次他来塔里亚星是为了进行学术交流。”

莱克正说着，那条五爪金龙巨大的龙头就向他们探了过来：“塔里亚星的勇士莱克，你身边的这位是谁呀？”

莱克连忙答道：“敖教授您好，这是我们塔里亚星的客人，来自地球的陈择瑞。”

“地球？啊，我在很久以前的一次星际航行中到过那里，当时的地球人类正处于最初级的石器时代，那些人类一见到我都非常恐惧。当我发现地球的资源丰富，智慧生命的发展潜力无比巨大时，便选择了一个种族，教会了他们使用火，并教会他们开采和冶炼铜、发展文字，他们把我奉若神明。当然也有很多其他种族，因为对我不够了解，便把我视为邪恶的象征。

按地球时间算，我离开那里也差不多二三百万年了，你们终于开始进行星际航行了。”这条金龙无比感慨，用一种欣慰的目光看着陈择瑞。

“龙”这个华夏民族的图腾，自古以来传说中的神异生物，竟然就是眼前这位！陈择瑞顿时感到无比激动而又羞愧地无话可说……

原来，龙是帮助过我们祖先的外星人！但是，地球文明经过二三百万年的发展，依然距离能够进行星际航行还很远很远！

“敖教授，他现在要去接受传承了，要不咱们过会儿再聊吧。”莱克像是发现了陈择瑞的窘迫，说完拉着他就向外走去。

他们好不容易才从人群中挤了出来。据莱克说，这些生物都是来接受传承的。因为塔里亚星人在银河系所有智慧生命中是科技文明发展最快的，而且他们把自己的一切知识向所有生物无偿共享，因此才有各种各样的智慧生物聚集到塔里亚星。也正是这种无私的、不掺杂任何利益的共享，才促成了塔里亚星人如今的成就。

他们来到大厅的一侧，那里有一排六角形的、高出地面大约三十厘米、不知道是用什么材料打造的东西。“咱们去你的传承室吧。”莱克抬腿站了上去，陈择瑞也紧随其后。刚刚站稳，脚下的六个角就发出了刺目的光芒，一片白光把他俩笼罩其中。陈择瑞才一眨眼就听莱克说：“到了。”他发现自己已经身处太空，漫天的繁星多得不可计数。

“这是哪里？”陈择瑞觉得很奇怪，“不是说要到传承室吗？怎么来太空了？”

“这里就是传承室啊，塔里亚星作为银河系 2 级文明最顶端的存在之一，除了给自己星球的人进行传承外，每天还要接待无数其他星球的访客，来这里接受传承的人数是非常庞大的，于是我们便开辟出了许多虚拟空间来进行传承，这些虚拟空间就被我们称为传承室。”

“2 级文明？那代表什么？我们地球是几级的？”陈择瑞对这些没有任何概念。

“星球的文明等级是用来区分宇宙中智慧生物科技水平的，数字越大代表科技水平越高。就目前来讲，按文明等级划分，你们地球应该属于 0.3 级文明。”

“才 0.3？就是说连半级都不到？怎么可能！”陈择瑞觉得根本无法接受。

“很抱歉，事实的确是这样。地球人类到现今为止，对于自己的星球都还没有研究清楚，对于海洋和地心更是一知半解。仅仅探索了地球表层的一点诸如煤炭、天然气、石油等‘高能衍生物’。地球上还有一些国家和组织，为了自身的利益，使用卑鄙的手段影响人类对于新能源的研究和开发，而正是这种贪婪，阻碍了文明的进步和科技的发展。至于这个 0.3 级的定义，是因为你们能简单地利用太阳热能才得出的。”

原来，宇宙智慧生物公认的文明等级是按照能量利用率来确定的。1 级文明可以完全利用自身起源星球的全部能量。而像塔里亚星这样，可以完全开发和利用本星系六大恒星及十三颗行星所有能源的，就属于 2 级文明。当达到 3 级文明时，这类文明就能够在宇宙各星系内自由来去，能够在任意星系内的广大地域进行移民，并且有能力利用万亿颗恒星的能量。

“我知道你还有很多疑问，只要进行完传承你就会明白一切的，咱们现在可以开始了吗？”莱克说。

“好，开始吧！”陈择瑞深吸一口气，坚定地说。

这时莱克手中又出现了那个土黄色手掌大小的金属牌，只见他握着那个金属牌的手轻轻张开，金属牌就缓缓地飘到了陈择瑞上方三米左右的地方。此时，这个空间所有星辰的光芒全部被金属牌吸引，汇聚成了一道细小的光柱，向着陈择瑞的头顶射去，这个感觉有点像之前接受金箍棒的改造一样。但这次他只感到脑袋一晕，就恢复了过来，紧接着他便陷入了沉思……

当陈择瑞接受了塔里亚星文明的传承，了解到塔里亚星人的起源和发展史，还有那不可思议的、超越地球无数万年的尖端科技后，他对故乡地球，对于地球上人类的未来，充满了深深的忧虑……

第八章

拉姆的味道

刚刚接受了塔里亚星文明传承的陈择瑞，呆呆地站在原地一动不动。他不但了解到塔里亚星人从起源到现在的整个发展史，还学习到了他们那匪夷所思的科学技术，并且知道了银河系及其以外的河外星系中存在的无数千奇百怪的智慧生物。他为地球人类直到如今还在为是否有外星人而争论不休的愚昧无知感到惭愧。

莱克瞪着他那铜铃般的眼睛直瞧陈择瑞，心想，难道传承失败了？这个地球人这是怎么了？不可能啊，传承可是从来都没有出现过差错的。不行，得赶紧找人来给他检查检查，长老们可是特意嘱咐过，要绝对确保他的安全！想到这里，他右手食指轻轻一点眉心，向这个传承室外发出了讯息……

不一会儿，一片亮光闪过，维娜急匆匆地赶了过来：“发生什么事了，莱克？”

“我也不知道啊，维娜教授，刚刚按照正常程序给他进行了传承，结果就变成这个样子了。”莱克有些不知所措地说。

“我们无论给什么样的生物进行传承都从没发生过意外，何况这个地球人只是个普通的碳基生物，就更不会有问题了。”维娜也看不出这个地球人傻呆呆地站在那儿一动不动到底是哪里出问题了。

“维娜教授，请您快给他检查一下吧，大长老们嘱咐过，让我一定保证他的安全，这个地球人关系重大，是无论如何也不能出事的！”莱克用哀求的目光看着维娜。

维娜上前两步，先围着陈择瑞转了一圈，仔细地观察了一下。她问：“刚才除了进行传承外，其他什么也没做吗？”

“没有啊，的确只是进行了传承，然后他就这样了。”

“别担心，莱克，他的生命体征很正常，应该不会有生命危险。我怀疑是不是这个地球人因为大脑发育不足，承受不住传承的巨量信息，所以导致精神错乱了，让我再进一步检查一下。”维娜说着，右手中出现了一个钢笔形状的东西，在陈择瑞的眼前晃了晃，左手一伸，两根青葱般的手指就要翻他的眼皮。

“哎哟。”陈择瑞惊叫了一声向后跳去，“你想干什么？”

“谢天谢地，你没事就好！”莱克一把抓住了陈择瑞的手，好像生怕他跑掉一样。

“我能有什么事？她刚才想干什么？”

“没事你为什么像傻了一样站在那里一动不动的？莱克是怕你出意外才叫我来给你检查的。先别动，让我看看你的大脑是不是受到损伤了。”维娜还想继续给他做进一步的检查。

“我好着呢，刚才只是在思考一些问题。”陈择瑞向旁边一躲，说道，“总而言之我一切正常，就不麻烦您了。”

维娜一下子笑了出来：“看你挺强壮的样子，没想到连做个检查都害怕。”

“谁说我害怕了，总而言之是不想麻烦罢了。”陈择瑞可不想让这个女人小看了自己。

莱克道：“反正待会儿也要去进行通讯植入和自有空间开辟的，就顺便做个全面检查吧。”莱克所说的通讯植入和自有空间开辟是塔里亚星人日常生活中必不可少的两种工具。

“那好吧，去就去，总而言之我现在感觉非常好，一点毛病都没有。”接受了传承的陈择瑞自然明白莱克所说的是什么。于是，他们三人便离开了传承室。

塔里亚星传承学院的大厅里依然熙熙攘攘，来自不同星球、不同种族的各种智慧生物摩肩接踵川流不息。现在的陈择瑞已经能分辨出大厅里面多数生物的来历了。这里面除了像他和莱克他们一样的“碳基生物”以外，还有许多“硫基生物”“磷基生物”，以及类金属的“硅基生物”“硼基生物”，甚至存在“氦基生物”“氪基生物”这样的惰性气体生命。

不同的生命形式造成了他们不同的生存方式。有的整个都罩在一个充满了某种不明液体的透明玻璃球中，飘浮在半空；有的全身上下散发着一片浓浓的雾气，让人看不清里面的生物到底是什么样子；还有的黑袍遮体，凡是走过的地方，地上都留下一大片水渍。不同生物的样子也是形态各异，有长着翅膀在天上飞的，有黏糊糊像团泥巴一样在地上爬的，一只眼的、九颗头的、千百双脚的……形形色色、光怪陆离。

通过分子聚合传送，他们来到了维娜的专属实验室。此时的陈择瑞平躺在悬浮床上，一条机械手臂顶端发出一道七色彩光，从他的头部上方开始了全身扫描……

“结果出来了，除了有些饥饿外没有任何问题。”维娜看着飘浮在眼前的虚拟屏幕说。

“我就说没事嘛，总而言之经你这么一说我还真的是饿了。”陈择瑞一个骨碌翻身下床，“我说莱克啊，自从到了你们星球，你就跟我说你们的拉姆有多么多么好，直到现在我都还没尝过，你这个导游当得可有点不太称职呀。”他用戏谑的眼神看着莱克。

“不好意思，我还以为你作为诸神之杖的掌控者已经不需要进食了呢，我马上去准备。”说完莱克就一阵风似的跑了出去。

“这个家伙！就算有小金子在饿不死，但是饿的感觉也是有的啊！我怎么觉得他是不舍得给我吃呢。”陈择瑞在心里嘀咕着。

“趁这个时间，咱们继续通讯植入和自有空间开辟吧。”维娜边说边拿着一个滴管样的东西走了过来。

“着什么急啊，等我吃完不行吗？我正饿着呢。”陈择瑞觉得这个会变男人的美女教授一点也不懂得体谅别人。

“哟，你还需要吃东西吗？听说诸神之杖的掌控者是无所不能的，饿两天不吃饭又算得了什么呀！”维娜好像根本没把他这个诸神之杖的掌控者放在眼里。

“得，我不跟你一般见识，你想怎么样就怎么样吧。”

维娜二话不说，一把扶住陈择瑞的脑袋，拿着手中的滴管对着他双眉之间滴了一滴液体，这滴液体一落入眉心就马上渗进了皮肤里，消失得无影无踪。

“好了！”

“好了？就这么简单！”

他虽然通过传承了解到，所谓通讯植入，是塔里亚星人把一种可以在星系内自由通讯的设备植入到身体里，却不知道过程竟然如此简单。

“这有什么，不过是把原子通讯器通过你的毛孔植入体内罢了，程序都是事先设定好的，进入体内后通讯器就会固定自身位置开始工作，就这么简单。”维娜一副理所当然的样子。

“就当我没说，你继续。”陈择瑞心里暗暗佩服。

自有空间开辟同样很快就完成了，就是把一只经过驯化的名叫“空间甲虫”的小虫子植入到右手的手腕处，这个空间甲虫可以给宿主提供一个100立方米的虚拟空间储存所有非生命物质，存取物品只需宿主用意念和空间甲虫沟通即可完成。

这时莱克也回来了，他手中拿着两个像菜篮子一样的东西，里面装满了各种各样的紫色拉姆。有树叶形的、小草形的、根茎状的……一片片、一株株、一块块，上面好像还带着露水，很新鲜的样子。

“快来尝尝吧，很好吃的！”莱克把手中的“菜篮子”递到了陈择瑞面前。

“你们塔里亚星真的只有这个呀？”

“是的，拉姆就是我们自古以来唯一的食物。”

陈择瑞用两根指头轻轻拈起一片柳叶形的拉姆，先用鼻子闻了闻，什么味道也没有，又小心翼翼地放到嘴边舔了一下，依然没有味道。

“你咬一下试试。”莱克和维娜都微笑地看着陈择瑞。

“要是骗我，可跟你们没完！”陈择瑞豁出去了，张嘴咬了一小口嚼了一下，“这是……鱼香肉丝味！”

他一口就把这片柳叶形的拉姆整个吞了下去，接着又抓起一片枫叶形的。

“是麻辣小龙虾的味道！”

陈择瑞在那两个“菜篮子”里东拿一片，西抓一把，往嘴里塞。

“红烧肉！”

“酸辣土豆丝！”

“酱牛肉！”

“糖醋鲤鱼！”

“烧茄子！”

……

最后一块根茎状的拉姆，陈择瑞拿起后张嘴就啃了一口：“竟然连烤地瓜都有！厨师都省了，想吃什么菜摘下来就能吃！你们的拉姆也太神奇了吧！”陈择瑞已经不知道说什么好了。

“厨师这个职业在我们这里是不存在的，塔里亚星人现在基本都在探索宇宙和研究各学科知识，对于其他都不感兴趣。”莱克说道。

“是啊，也许正是因为这样心无旁骛，塔里亚星人的科技才如此发达吧！”陈择瑞这样想着。

莱克看到他情绪有些低落，没有继续吃下去的意思了，便说：“现在黑市星正巧运行到我们星系外围，咱们去逛逛？维娜教授也一起吧。”

“好啊，反正我现在也没什么事，刚好想采购一些实验材料，一起去吧。”维娜好像对莱克所说的那个黑市星也很熟悉的样子。

“黑市星是什么？传承里面怎么没有这方面的介绍呢？”陈择瑞仔细思索了一番，在脑中没找到任何有关黑市星的资料。

“哦，黑市星是一个神秘的存在，没有人知道它从哪里来，它始终徘徊在各大星系之外，是一颗流浪星球。因为没有所属地，不归任何星系管辖，所有人都可以随意登陆，逐渐发展成了一个交易市场，在那里一切都可以交易，无论什么都可以买卖，没有任何的限制，所以被各个文明称为‘黑市星’。据说这颗星球是有管理者的，但是从来没有人见过，这个管理者也仅仅为这颗星球制定了唯一的一条规则——禁止一切争斗。”

听了莱克的介绍，陈择瑞对这个神秘的黑市星充满了兴趣：“那还等什么，咱们快走吧！”

第九章

黑市星

维娜带着他们来到了实验室的后面，打开门，外面是一个超大的平台，原来，维娜的实验室正处于传承学院的最顶层，距离地面足有上千米，站在上面向下望去，停在学院广场上的飞梭就像一只只蚂蚁。这个超大型的平台堪比一个足球场，平台一边停放着几艘星际飞船和飞梭，另一边则摆放着一些实验仪器。维娜选择了一艘编钟状的小型飞船，自己先走了进去，莱克和陈择瑞也随后进入。

飞船里面除了几个座椅外，空无一物。通过之前的经历，陈择瑞真正感受到，越是先进的技术看起来就越简单。像地球上那些飞机、火箭等所谓高科技的东西，里面按的、拧的、推的各种“机关”，红的、黄的、蓝的、绿的各种指示灯，其实都透着笨拙。

在维娜向智脑发出了一串坐标指令后，飞船便腾空而起，瞬间就出现在了塔里亚星大气层外，还没等陈择瑞看清被紫色拉姆包裹着的塔里亚星，下一刻就已经来到了塔里亚星系边缘。看着整个星系中央那一大五小六颗恒星，还有那围绕六颗恒星旋转、因人为控制而排列整齐的十三颗行星，陈择瑞感慨万千，自己的家乡地球什么时候才能发展到如此程度啊?

飞船静静地飘浮在虚空，听莱克说是要等候与黑市星的轨道重合以便着陆。在宇宙中，如果不等待轨道重合就贸然进入相近文明等级的星球，这是极不礼貌的行为，严重的甚至会因此引发战争！进入低等级文明星球则没有这个限制，因为低等级文明完全不会发现高等级文明的到来。而低等级文明进入高等级文明星球这种事也是不会发生的，原因在于他们根本进不去。

没过多久，隔着飞船全息视角的舱壁，他们看到不远处出现了一颗绿色星球。“来了！”莱克的话音刚落，飞船便缓缓启动，迎着那颗绿色的黑市星飞了过去。没有任何颠簸和震动，也没有丝毫不适，陈择瑞发现他们的飞船已经降落在了一片犹如草坪铺成的巨大空地上。这片空地非常广阔，即使上面停放了无数大大小小的飞行器也丝毫不显得拥挤。这些飞行器的外形五花八门，椭圆形的、三角形的、雪茄形的、葫芦形的、正方形的；有的像个蘑菇，有的像片云彩，还有的就像棵树，各种各样，千奇百怪。

“这些飞行器都是从各个星球来这里交易物品的吗？为什么这些造型奇特的飞行器就没有流线型的呢？”陈择瑞想起，地球上无论是汽车、火车、飞机还是火箭，外形都是流线型的，而眼前的这些高等级文明交通工具的外形却貌似非常随意。

“流线型？噢，你所说的流线型交通工具仅仅适用于以氮气和氧气为主的空间，这对于宇宙大多数环境来讲并不适合，

而且，速度的快慢取决于对空间技术的掌握，只要掌握了足够的空间技术就可以无视外在环境因素。”莱克对他的所有疑惑都是有问必答。

下了飞船，维娜从自有空间取出了一艘由脑电波操控的粉色飞梭，他们三人便乘坐着飞梭向着交易区的方向飞去。维娜似乎是想让陈择瑞欣赏一下异星的风光，飞船离地面仅三米左右，在缓慢的飞行中，沿途的景象一览无余。在这颗黑市星上，到处都铺满了像足球场草坪似的绿色植物，每一株只有拇指般长短，翠绿翠绿，根根挺立。在天空中、草地上还生活着无数的各种动物，大的几百上千米长，小的站起来只能在草丛里露出一个脑袋。

“你可不要小看这些小草一样的植物，它们的名字叫作‘纠’，每一株都是唯一的个体，但又同时受控于一棵掌握在黑市星之主手中的‘王株’，它们覆盖了整个星球，负责传递讯息，同时监控外来生物是否有违星主制定的规则。”对于莱克所说的种种神奇，陈择瑞早已经见怪不怪了。

渐渐的，远处出现了一大片黑压压的人群，搭帐篷的，摆地摊的，以建筑物作为商铺的，飘在半空中吆喝的，手里拿着东西叫卖的，地面只露个脑袋揽客、身体却藏在地下的，各式各样。更多的则是来来往往挑选心仪物品的客人。这里交易的方式主要是以物易物，挑选好自己想要的物品后，物主会告诉你需要用什么交换，当然也可以展示自己带的东西，让物主选择。维娜把飞梭收回到自有空间后，三人便步入了这个由各种智慧生物组成、被称为黑市的“超级市场”。

一路走着，陈择瑞东瞧西看，觉得这里比塔里亚星传承学院还要热闹百倍，各种各样的外星生物应接不暇，琳琅满目的商品更是看得眼花缭乱。从食品、药品、工具、矿石，到服饰、武器、宠物，无论是液体、气体、固体，还是动物、植物、微生物，甚至连低等级文明的智慧生物都有人在贩卖。

“这里竟然有人贩子！没人管吗？”陈择瑞看到个大金属笼子，里面关着几个面无表情、体貌特征和人类非常相似的女人和小孩，笼子旁边站着一个鳄鱼头人身的生物，正卖力地吆喝着。

“在这里买卖什么都可以，不会有人管的，不然怎么会被称为黑市呢！”维娜一副习以为常的样子。

“那些被拿来出售的，一般都是低等级星球生物，或是在星际战争中文明被彻底摧毁的失败方。买这些生物的，大多是因为基因出现了问题，繁衍比较困难，或存在灭绝危机的种族，有了新基因的加入他们就可以改变自身的缺陷，更好地繁衍生存下去。而这些作为商品的生物，在被剥离出健康基因后就会痛苦地死去。”听了莱克的话，陈择瑞对笼子里的那些生物感到深深地同情。

“我没豆腐，善栽善栽！”一个洪亮的声音传来，陈择瑞猛地转过了头，只见身后站着个两米多高、穿着一身黄袍的大胖子，他面如淡金，头顶一脑袋疙瘩，长眉柳目，双耳垂肩，肥厚的双唇中露出洁白的牙齿。

“这家伙刚才说的什么？”

陈择瑞正想着，就见那人指着笼子冲鳄鱼头人贩子一鞠躬，说道：“这几个人实在是可怜，且与我有缘，便把他们送给我吧。”

“送给你？做梦呢！这可是我从天狼星花大价钱买来的！想要就拿东西来换！”鳄鱼头人贩子张着大嘴，瞪着他那对突出眼眶的大眼珠子说道。

“我没豆腐，善栽善栽！你先别急嘛，听我慢慢讲。善良是一切生命的本性，我们身为智慧生物更是如此。你看，这几个雌性和幼小的生命体，他们的眼神是多么无助，他们的表情是那么悲伤。我们都有父母，都有妻儿，也都有兄弟姐妹，他们也是同样的，难道你就忍心眼睁睁看着他们骨肉分离吗？蝼蚁尚且偷生，花花草草也是生命，身为高等级文明智慧生物的我们，难道就这样看着他们承受这凄惨的命运而熟视无睹吗？不！不能！我们不会这么残忍！我们不能那样无情！善良的人啊，快快来拯救这些悲惨的生命吧！宇宙世界是美好的，让我们大家一起享受这充满爱的世界吧！”

“这神棍也太会装了！”

陈择瑞刚想到这里，只听“哇”的一声，鳄鱼头人贩子在听了那大胖子的一番话后，顿时号啕大哭，哽咽地说：“我错啦！我不该这样残忍！从今往后我再也不干这种买卖了！”说完就打开了那个金属笼子，然后便头也不回地向远处跑去。见鳄鱼头人贩子走了，那胖子笑眯眯地伸出左手，从背后拎出个大口袋，右手一招，笼子里的几个人就突兀地消失了，紧接着这胖子身子一晃，也快步离去。

“他到底是谁？”陈择瑞实在不明白眼前刚刚发生的一切。

“呵呵，那个大胖子是来自 1.5 级文明迦蓝星的鲁赖，他刚才一开始说的‘我没豆腐，善栽善栽’，意思是说，‘我没有豆腐吃，要多种一些’，这就是他们星球的人每句话开头都要有的口头禅。因为他们异常喜爱吃一种需要人工栽培、叫作‘豆腐’的食物，但在迦蓝星，这种作物极难种植，要用

大量的人力，于是，他们就经常游走于各大星系之间，一旦发现文明等级低于他们，并且生命受到威胁的智慧生物时，就想尽一切办法将他们解救出来，带回去帮他们种豆腐。在发现目标后，迦蓝星人惯用的一句话便是‘与我有缘！’笼子里的那几个人都被他带回去种豆腐了，不过这样也好，虽然辛苦一点，起码性命是保住了。对了，据我掌握的资料，迦蓝星人应该曾经到过地球，还给当时的地球人宣讲过一些为人处世的道理。”

莱克这番话直听得陈择瑞目瞪口呆。

第十章 新朋友

看到陈择瑞的表情，一旁的维娜说：“在宇宙中，几乎每个文明在发展初期都或多或少地遇到过高等级文明的造访，只要不涉及自身利益，大多数高等级文明生物对低等级文明都是没有恶意的。而且在低等级文明中有一部分想象力丰富、善于思考、意志坚定的人，他们会从高等级文明生物身上受到启发，从而促进母文明的发展和进步。”

“咱们别光站在这儿了，前面还有很多有意思的东西呢，边走边聊吧。”莱克招呼陈择瑞和维娜向前走去。

维娜的话再一次深深地触动了陈择瑞的心灵，使他真切地感受到，在广袤的宇宙里，地球人类文明的发展空间是如此巨大。他知道，科技的发展必然要建立在精神文明高度发达的基础之上，只有认清自身的不足才能取得进步。他暗自下定决心，回到地球后一定要借助这次神奇的经历，帮助人类尽快提升文明等级。

“是‘嘟嘟呦呦’！终于找到啦！”

他们正走着，只听维娜欢呼一声，三步并作两步朝着一个摊位跑去。一块破破烂烂的，也不知道是什么生物的皮铺在那里，上面很随意地摆放着几个大小不一、形状各异的瓶瓶罐罐，维娜上前一把抱起一个足有一米高的透明大罐子，翻来覆去地看了起来。

“这东西她找了很久，今天终于发现了。”莱克乐呵呵的，一副替维娜感到高兴的样子。维娜抱着的那个罐子，里面装的正是她一直在寻找的名叫“嘟嘟呦呦”的生物。在充满了不知名液体的罐子里，蜷缩着一只半米多长、通体呈土黄色的生物，它的形态有些吓人，胖胖的脸上堆满了皱纹，长有八条腿和锋利的爪子，圆形的嘴巴似乎也是个厉害的武器，匕首一样的牙齿仿佛可以咬穿一切猎物。

“这种生物极其稀少，生存能力非常强，它能够承受60000兆帕斯卡的压力，无论是高辐射还是真空，无论是低至绝对零度的零下273℃，还是15000℃的超高温环境，都可以很好地生存。它的爪子和牙齿的硬度是你们地球上最坚硬的自然物质金刚石的100倍，并且极具韧性。‘嘟嘟呦呦’正是维娜教授的研究项目之一。”

听着莱克的话，又看了看维娜抱在怀里不肯撒手的大罐子，陈择瑞心想，这不就是个放大版的水熊虫嘛！跟个宝贝似的抱着不放。不过这家伙倒是比地球上的水熊虫大了许多，而且能力还要更强一些。

“这可是我的东西，要买就买，不买就放下，一直抱着算怎么回事！”一个瓮声瓮气的声音从旁边传来，吓了陈择瑞一跳。那个铺着块破皮子的摊位后面坐着个大汉，这人坐在那里就和陈择瑞站着一般高，穿的也是破衣烂衫，一身黑亮的皮肤在衣服的破洞里忽隐忽现，脸膛也是黝黑的，两道又黑又长的剑眉像对触须一样倔强地朝两鬓高挑着，板寸头、铜铃眼、朝天鼻、鲶鱼嘴，十分引人注目。

“这家伙长得比莱克还凶。”陈择瑞正想着，就见那大汉伸手抓住维娜抱着的罐子就往回扯。

“哎，小姑娘挺有劲儿呀。”大汉这一下竟然没扯动。

陈择瑞连忙用脑电波悄悄跟维娜沟通：“你先放手，买东西可不能这样，总而言之，让卖家看到你这么想要是会吃亏的！”

“吃亏？吃什么亏？不让他看出我想要，怎么买啊？”维娜十分不解地看着他。

“啊？你们都是这样买东西的吗？也不知道讨价还价？”

“什么叫‘讨价还价’？”

“唉，算了，你先松开手，剩下的交给我，总而言之保证让你买到那只‘嘟嘟呦呦’！”

没等那个大汉再次用力，维娜就半信半疑地放开了手。大汉把罐子抓了回去，仍旧放在了那块破皮子上，嘴里还嘟囔着：“使这么大劲儿抱着罐子，我还以为要抢东西呢！不买就赶紧走开，别耽误我做生意。”

陈择瑞笑眯眯地上前两步，站在那个大汉的面前，说：“请问，您怎么称呼呀？”

“我叫卡鲁，你问我名字做什么？不买就一边待着去。”

“噢，原来是卡鲁呀，久仰久仰！”

“久仰？你认识我？我可是第一次来这里啊。”

“嘿嘿，那什么，这个罐子里的大虫子是从哪儿逮的啊？”

“你说这个呀，是我来的路上逮的，这家伙的皮硬得很，一点也不好吃，我寻思着扔了也可惜，就摆在这儿试试看有没有人要。”

听到这些话，陈择瑞眼珠一转，说：“我的那个朋友穷得要命，饭都快吃不起了，可她这辈子只有一个爱好，就喜欢搜集一些稀奇古怪的虫子玩，你这只打算怎么卖呀？”

那叫作卡鲁的大汉挠了挠头，想了一下，道：“穷得要命还想买东西？既然这样那就便宜点，拿十头睚眦换吧。”

听到这话，一旁的维娜急了：“什么？十头睚眦？你怎么不去抢？！那东西只有天龙星才有，非常凶恶，极难捕捉，又被天龙星人当成宝贝，别说十头，一头也不好弄到啊！”

陈择瑞心想，睚眦？那不是龙的九子之一、平生好斗喜杀的老二吗？这种传说中的神兽竟然真的存在，有机会可要见识见识！一边想一边朝维娜摆了摆手。

莱克连忙拉住维娜，低声说：“先别急，教授，听听他怎么说。”

卡鲁咂巴着嘴说：“睚眦很难捉吗？味道可是真不错呢！你们要是搞不到，这大虫子我就卖给别人了。”

“你别急，咱们再商量商量。”陈择瑞摸了摸口袋，想了一下说，“除了睚眦，我们拿别的东西换成吗？”

“别的？你们能有什么好东西啊？”卡鲁上下打量着他，一副不相信的样子。

“这个大虫子长得又丑，还不好吃，要不是我这个朋友喜欢玩虫子，我们也不买。总而言之，我们要是不买，恐怕也没什么人会要了吧！”陈择瑞顿了一下，接着道，“这样吧，这次出来我带了些祖传秘制的‘绝味嫩牸干’，这可是全宇宙独一无二的美味啊！为了我这个朋友，就吃点亏跟你换了吧！

唉，谁让我就是心软，最见不得朋友不开心呢……”

那卡鲁一听这话，眼睛瞪得更大了，连忙说：“还有这种东西？给我尝尝看，要是真像你说的那么好吃，我就跟你换！”

“好，一言为定！”只见陈择瑞从口袋里摸索了半天，才小心翼翼地掏出了一块只有指甲盖大小、干干巴巴、黑乎乎的东西。他把那块东西轻轻放在了卡鲁伸出的蒲扇般大的手上，便示意他可以吃了。

卡鲁把他那只巨掌凑到眼前仔细地看了一下，说：“这就是你说的美味？这模样还是祖传的？”

“你尝一下嘛，尝过就知道好吃了。”陈择瑞自信满满地说。

“我卡鲁可是实在人，你别骗我！”

“不会的不会的，要是不好吃的话我们立刻就走，绝对不会再纠缠！”

看到信誓旦旦的陈择瑞，卡鲁将信将疑地把那块东西丢进嘴里嚼了起来……

渐渐的，卡鲁脸上出现了变化，从一开始的疑惑，到微微皱眉，然后眉头舒展，眼睛也眯了起来，紧接着干脆闭上了眼，满脸露出陶醉的表情。“真是太好吃啦！还有吗？快，再给我一些！”此时的卡鲁再也不是刚才凶神恶煞的样子，他看着陈择瑞满脸堆笑地说。

“有是有，不过，那个大虫子……”陈择瑞朝装着嘟嘟呦呦的大罐子努了努嘴道。

“对，对，瞧我这脑子，那虫子给你了，只要能多给我点你那个祖传的什么什么干，我这儿的东西都给你！”

“什么什么干啊，记住了，是祖传秘制的‘绝味嫩犻干’！”陈择瑞不满地看了卡鲁一眼，“这次出来就带了一把，多了没有。”

“行！一把也行！我这摊上的东西你们随便拿！都拿走也没关系！”卡鲁爽快地说。

陈择瑞看了看维娜和莱克，他们正目瞪口呆地看着他。莱克最先反应了过来，跟陈择瑞沟通道：“其他都是些寻常的破铜烂铁，只要嘟嘟呦呦就好了。不过，你那祖传的美食是不是很珍贵啊？”

“没事，我只要回到地球，这东西要多少就有多少。”

“那就好。”他俩沟通完，卡鲁眼巴巴地看着陈择瑞，满脸讨好的样子，生怕他们不换了。

“看你也挺不容易的，除了这个虫子其他东西我也不要了，拿去吧。”说完，陈择瑞从口袋里抓出一把他自称祖传秘制的“绝味嫩犻干”递了过去。

卡鲁连忙上前，用手接了过来，说：“你是我卡鲁这辈子见过的第二个这么仗义的人，你这个朋友我交定了！”

“第二个？那第一个是谁呀？”陈择瑞觉得这个家伙也挺有意思的。

“当然是凯恩啦！我们可是生死之交！待会儿他回来介绍给你们认识，咱们好好亲近亲近！”

“好啊，我也想认识一下呢！”陈择瑞现在挺喜欢这个粗鲁而又直爽的大汉卡鲁了，并且也很想在这异域空间里多结交几个好朋友。另一方面，对卡鲁他还有点小小的愧疚，他所说的“绝味嫩犻干”其实就是地球上常见的五香牛肉干罢了。

因为嘟嘟呦呦可以在几乎任何空间内生存，所以已经被维娜收进了她的自有空间。莱克看到他们聊得正起劲，便对陈择瑞说："我和维娜教授还要再去买些东西，要不你们先聊着，咱们待会儿见？"

"不用管我，你们去吧，我感觉和卡鲁非常投缘，还想见见他说的那位凯恩呢。"陈择瑞赶忙说。

"放心，有我在这儿，没人敢欺负他，忙你们的去吧。"卡鲁大包大揽地说道。

就这样，陈择瑞和莱克、维娜暂时分开了，等待他的将会是更加神奇的经历……

第十一章

共同的故乡

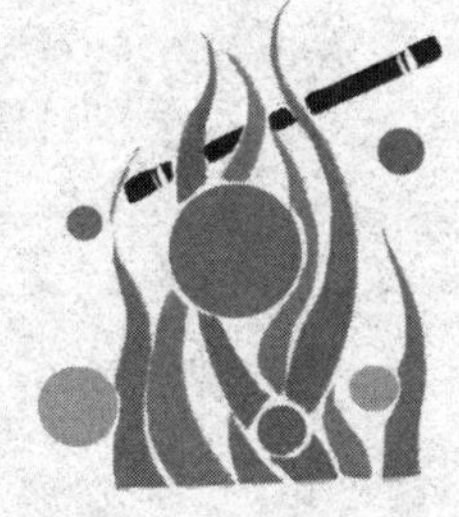

莱克和维娜走后，卡鲁突然一拍自己的脑袋，震得翘起的两条眉毛突突乱颤："只顾着聊了，还没问兄弟尊姓大名，家乡是哪个星球的啊？"边说边热情地搂着陈择瑞的肩膀，像久别重逢的亲兄弟一样。

"我叫陈择瑞，是塔里亚星人带我来这里游玩的，我的家乡叫作地球。"

"啊呀！"只听卡鲁一声怪叫，两只眼珠瞪得都快要掉出来了，双手一把抓住陈择瑞的肩头不自觉地使出了千斤巨力。

"地球？你是说地球？位于银河系边缘第三旋臂的太阳系中的地球？"

陈择瑞眉头一皱，腰部用力，双肩微微一晃，便从卡鲁的手中挣脱了出来。他说："是啊，怎么了？"然后神色平静地看着卡鲁，并不认为这个大汉会对他造成什么威胁。

"对不起，对不起，你没受伤吧？我刚才实在是太激动了，一下没控制好情绪，我给你赔罪！"说罢，还没等陈择瑞反应过来，卡鲁双膝跪地一个头就磕了下去。

“这是干什么？我又没什么事，快起来！”陈择瑞双手暗暗用力，扶住卡鲁两条碗口般粗的强壮手臂，看似轻巧地向上一托，卡鲁顿时觉得有两股大力同时从双臂传来，再也跪不住了，不由自主地站了起来。

“好大的力量！”卡鲁暗赞一声，“你真的是从地球来的？那里现在怎么样了？被哪种文明统治？发展到多少级了？”卡鲁这一连几个问题把陈择瑞问得莫名其妙。

“我当然是从地球来的，至于那里的情况嘛……”他想起了之前莱克和维娜对地球的评价，“地球是本土的人类文明在统治，但是发展得很缓慢，目前的等级仅有 0.3。”

“0.3？是有点慢了……”卡鲁若有所思。

陈择瑞奇怪地问道：“听你的意思，你知道地球？”

“是知道，不过……”卡鲁欲言又止，“这样吧，我把凯恩也叫来，咱们找个地方坐下慢慢聊。”没等陈择瑞说什么，那卡鲁就一边晃动着两条翘起的眉梢，一边拉着他往前走。

“你的东西还没收起来呢。”陈择瑞提醒他。

“没事，我的东西搁在那里没人敢动。不管它，咱们喝酒去！”卡鲁头也不回地继续向前走。

陈择瑞心想，酒这种东西还真没喝过，只是在家时经常看爸爸喝。大人们总说小孩子不可以喝酒，否则会影响大脑发育，这次总算有机会尝试一下酒的味道了。

卡鲁拉着陈择瑞来到了一个外形看起来像艘老式潜水艇的建筑物前，卡鲁上前一把就推开了门。他们踏着暗红色的木制地板走了进去，首先映入眼帘的是一个很长的吧台，吧台也是木制的，后面有只八爪鱼，没错，就是一只带着水手帽的紫色的大章鱼。只见那只趴在吧台里面的大章鱼睡眼惺忪，嘟着嘴，挥舞着八条长长的满是圆形吸盘的触角跟卡鲁打着招呼："卡鲁，我亲爱的朋友，咱们又见面了，看来你是昨晚没喝够啊。"

"哈哈，酒可是喝不够的。"卡鲁笑着回答，"给你们介绍一下，这位是地球来的好朋友陈择瑞。这个大章鱼叫保罗，是这家酒馆的老板兼伙计，也是我的好朋友。"

"你好，保罗先生。"陈择瑞客气地打着招呼。

"地球来的？我的天！已经很久都没有那里的消息了，我们还以为地球已经毁灭了呢！卡鲁，你没搞错吧？他真是从那个地球来的？"章鱼保罗那仿佛睁不开的双眼此时瞪得溜圆。

卡鲁道："保罗，你就这样招待朋友吗？还不快请我们坐下喝一杯，让他慢慢给你讲。"

大章鱼连忙道："对对，快请坐。"等他们坐到吧台前面的高脚凳上后，保罗便挥舞着触角调起酒来。不一会儿，两杯带着气泡的淡蓝色液体被保罗的触角送到了两人面前。

"尝尝吧，这可是保罗拿手的'蓝色之恋'。"卡鲁端起杯子，一下就将酒倒进了嘴里，"咕咚"咽了下去。

陈择瑞正要喝，就听保罗对卡鲁说："你这野蛮人，哪有这么喝的，真是暴殄天物！"

"你懂什么，酒就该大口喝才痛快！"

保罗摇了摇球形的大脑袋，一副无可奈何的样子，像是见惯了卡鲁的这种喝酒方式。

"朋友，快跟我说说地球吧。"保罗不再理会卡鲁，扭头对陈择瑞说。

陈择瑞端起装在水晶杯里的"蓝色之恋"，浅浅地抿了一小口，一股辛辣又带着一丝甘甜的味道立刻充满了整个口腔。酒真难喝！

他呼出了一口气，说道：“地球的情况我待会跟你们讲，能不能先告诉我，为什么你们一听说我是从地球来的就都有这么大的反应？”

陈择瑞实在不明白，按理说，地球作为一个只有0.3级的低等级文明星球，应该不会受到高等级文明的关注才对，为什么卡鲁和保罗的表现都这么反常呢？

卡鲁道：“这件事说来话长，既然你问到了，那我就先给你讲讲来龙去脉吧……”

原来，地球的确是像现代部分考古学家猜想的那样，曾经经历过几代文明。卡鲁就是起源于地球的“玛雅人”，他的祖先们曾经世世代代生活在地球上，而当时，地球上现今的人类才刚刚进入石器时代初期。那时的地球除了玛雅人外，还有因上个文明毁灭被迫移居海底而幸存的“亚特兰蒂斯人”。亚特兰蒂斯人其实本就是移居地球的外星种族，他们在地球第四太阳纪时抵达地球，无数年后，在和当时地球本土的“穆里亚文明”的战争中两败俱伤，“穆里亚文明”彻底消失，而亚特兰蒂斯人被迫到海底生活。直到玛雅文明发展起来后，发现了亚特兰蒂斯人，两个文明最终结成了伙伴关系，在亚特兰蒂斯人的帮助下，玛雅文明也得到了迅猛发展。

几万年的时间过去了，玛雅人和亚特兰蒂斯人发现地球新的一次冰河时期即将来临，这将会对他们的生存产生巨大威胁，于是他们乘坐亚特兰蒂斯人的星际飞船经过漫长的跋涉，来到了距离地球680光年，自古被地球人称为“北极星”的恒星系，在其中的阿尔法星上定居了下来。

之所以选择这颗星球作为移民星，首先是因为它的环境及资源与地球极为相似。其次，在地球，它是指引方向的象征，选择这里正是为了让后代们能够永远记得自己的故乡——地球。

当玛雅人和亚特兰蒂斯人到达阿尔法星后，他们便开始大力发展科技文明，希望有朝一日能够重返自己的家乡，进一步改善那里的生存环境。但是，就在这个目标即将达成的前夕，他们悲哀地发现，地球找不到了！原本地球所在的宇宙坐标位置成了一片虚无，为此，玛雅人和亚特兰蒂斯人悲痛万分，几位元老甚至因伤心过度而离世，他们认为地球和太阳系都已经毁灭，他们永远也回不到自己的起源星了。没想到在这黑市星上竟然遇到了来自地球的陈择瑞。得知地球安然无恙，这让卡鲁兴奋莫名。

至于保罗，他来自南鱼座，他们的祖先曾在地球远古时期到过那里，并留下了一部分自身的基因物质。被遗留下的这部分物质后来就慢慢进化成了地球上现在的章鱼，因为这层血缘关系，所以他也对地球的情况十分关心。

知道了前因后果的陈择瑞也向卡鲁和保罗讲述了地球如今的现状，以及他来到这里的经过，唯独隐瞒了关于诸神之杖的事情。他倒不是怕他们对自己不利，而是觉得有很多问题还没搞清楚，现在说出来恐怕越说越糊涂。

“卡鲁，这么着急让我赶过来，到底是哪位朋友来了？”

进来的是一个有着蓝色皮肤、金色短发，身高在两米左右，五官端正、样貌英俊的青年，这人看起来也就二十几岁的样子，凌厉的眼神中透露出坚毅的性格。

“你怎么这么久才来啊？这是我刚认识的朋友。陈择瑞，这就是亚特兰蒂斯人凯恩。”

“你好，我这个兄弟性子粗鲁，但为人是极好的，对他还请多包涵呀！”凯恩一抱拳，客气地说。

陈择瑞连忙还礼：“你好，我和卡鲁一见如故，就是他这直爽的性格才让我们相识的。”

“哈哈！你猜他是从哪里来的？”

“我和这位朋友素昧平生，怎么猜得到！”

“告诉你吧，他是从地球来的！”

“地……地球？地球还存在？快跟我说说到底是怎么回事！”这位凯恩听到这个消息，同样激动万分。

于是，卡鲁就把之前陈择瑞所说的向凯恩讲述了一遍。

四人在一起边喝酒边聊天，相谈甚欢，不知不觉就都喝得有些微醺。

“哐啷”，酒馆门被大力推开，“给大爷拿酒来！”随着一个粗声粗气的声音传来，首先映入眼帘的是一条肉乎乎、足有两米多长、大腿粗细的东西，这东西是浅灰色，上面满是褶皱，顶端还有两个正向外喷着热气的孔。

“这是个什么东西？”陈择瑞吃了一惊，连忙向那怪东西后面看去，原来是个身高两米、象头人身、呼扇着两片大耳朵、挺着个大肚子的怪物，先进来的正是他那一头挂在脸上，另一头拖到地面的大长鼻子。

“班纳，你又想来惹事吗？”保罗呵斥道。

“什么叫惹事？你这儿不是酒馆吗？我是来喝酒的，你开门就要做生意，有顾客来就得招待！”

“开门做生意没错，但我这酒馆不招待没酒品的人，上次你喝多闹事，如果不是星主得知消息派人过来，整个店都要被你拆了！”想起这事，保罗气得八条触角一阵乱抖。

“嘿嘿，不管怎么样，我既然来了你就得卖酒给我！不卖我还砸！”

“你敢！”

保罗刚要说话，就被卡鲁给拦住了：“哪里来的大笨象？也不打听打听这是什么地方，轮得到你来撒野吗？”

“小子，大爷我什么地方不能去？就撒野了，你又能把我怎么样？”

“哐啷！”还没等那个班纳把话说完，卡鲁就单手揪着他的长鼻子给扔出了酒馆大门。象头人身的班纳少说也有四五百斤，却被卡鲁像拎小鸡仔似的摔出去，一点反抗之力也没有。

“扔得好！”

陈择瑞也看不惯这种喝酒闹事的人，连连给卡鲁鼓掌叫好。

凯恩瞪了卡鲁一眼道：“跟你说过多少次了，不要冲动！这里是严禁争斗的，而且班纳是御夫座议长的弟弟，就连黑市星的星主都让他三分，你怎么一下就给扔出去了！”

“我管他是谁，欺负咱们就是不行！再说我已经很给他面子了，那长鼻子小子躺一会儿就能起来，保证一点伤也没有。”卡鲁大大咧咧，一点后悔的意思都没有。

“你啊，唉……”看到他的样子，凯恩也不再说什么了。

“卡鲁，我挺你！对于这种人就应该好好教训一下！”陈择瑞非常赞同卡鲁的做法，继续说道，“你这力气可够大的，那大胖子让你轻轻松松就给扔出去了。”

保罗在一旁接话道：“你们刚认识，还不知道卡鲁的本领吧，他可是个大力士……”

保罗解释说，玛雅人分为两类，一类是掌握巫术的巫师，另一类就是卡鲁这样的战士。作为战士的他们最主要的能力便是“兽化”，卡鲁的兽化形态是“蚁人”。这里说的“蚁人”，可不是地球上漫威漫画故事里面的那种可以缩小的人，而是兽化后可达到类似蚂蚁的那种力量强度的人。蚂蚁可以轻松举起自身重量上百倍的物体，卡鲁兽化后自身力量就可以达到这个程度。

“我这点本事可不算什么，陈择瑞的力量恐怕比我还大呢。”卡鲁不好意思地挠了挠他那如刺猬一般根根竖起的板寸头说，“要说厉害还得是凯恩，他那两种超能力才叫绝呢！”

“是啊，凯恩的确厉害！”保罗也附和道。卡鲁和保罗你一言我一语地向陈择瑞讲起了亚特兰蒂斯人及凯恩的神奇能力……

自地球第四太阳纪末期亚特兰蒂斯人被迫迁移到海底居住后，他们便慢慢进化成了可以在人和鱼两种形态间自由转换的物种，而凯恩独有的两种超能力，一是在“人形”状态下可以对其他生物进行“精神操控”，二是在“人鱼”形态时可以在一切液态物质中穿梭。

刚才那个象头人班纳被卡鲁扔出去后，凯恩就对他进行了精神操控，抹去了他在酒馆里的记忆，让他认为是自己不小心摔了一跤，现在非常累，想回去睡觉了。

精神操控是一种能够控制生物体神经和思维的能力，通过消除或增加一些记忆，从而达到完全控制这个生物行为的目的。人鱼形态的凯恩则可以无视一切液态的物质，无论是金属还是其他的东西，只要是以液态存在的，他都可以任意在其中穿行。

“厉害！”陈择瑞听罢不由得赞叹一声，对凯恩这些超能力他根本就是闻所未闻。

“客气了，刚才听了卡鲁说的，我想你也应该是位深藏不露的高手吧！”

“行了，你们都别客气了，咱们今天认识就是缘分，陈择瑞也是个爽快人，够义气，而且咱们还算同乡，我看干脆拜把子吧！”卡鲁一手搂着陈择瑞，一手搂着凯恩哈哈大笑。

“好啊，兄弟是性情中人，我也正有此意！”凯恩赞同道。

陈择瑞一听，立即站起身来说：“我当然是求之不得啊！”

凯恩道：“好！保罗，你当我们的见证人，我们三人今天就在此地结为兄弟，以后有福同享，有难同当！”

“哈哈，我有个小兄弟了！”卡鲁兴奋地手舞足蹈。

“哥哥们，总而言之，我今后有做得不好不对的地方，还请多多指点！”陈择瑞学着以前从电视里看到的情节抱拳说道。对于能在这里结识两位故乡的哥哥，他的内心感到一阵阵温暖。

第十二章 黑洞的用处

三人来到酒馆外面，远处的天空中各式各样的飞行器来往起降，道路两旁依然热闹非凡。他们一路走走停停，见到了许多稀奇古怪的东西，这让陈择瑞大开眼界。

一个中年大叔模样的人站在那里，他穿着破烂、邋里邋遢，头发如一蓬乱草，满脸短胡茬，跟前围着一群个子矮小、赤身裸体的生物，他们粉红色的皮肤松松垮垮满是褶皱，硕大的脑袋上没有一根毛发，深邃的巨大双眼下有一对绿豆大小的孔洞，四肢纤细，骨节却十分粗大。这群生物“咕咕噜噜”的也不知道在说些什么，只见那个邋遢大叔把大嘴一张，随着一阵窸窸窣窣的声音传出，一大群“小强”从他那满口参差不齐、黑黄相间的牙齿之间爬了出来……

“啊，好恶心！”

正好看到这一幕的陈择瑞，顿时觉得胃里一阵翻腾。“这是干吗呢？这家伙是在吃蟑螂还是吐蟑螂啊？”他摸着胃问道。

“哼，那是蜚廉星的埃德加，这个大虫子又在骗糖水吃。”卡鲁不屑地说。

“也不能说是骗，应该是各取所需。”凯恩不同意卡鲁的说法，向陈择瑞解释。吉尔星上的玛卡人前段时间刚刚经历了一场内部战争，星球大气层受到严重破坏，短时间内无法有效改变。为了尽快改善星球的大气环境，他们便来到这黑市星，用自身分泌的一种“核糖”与蜚廉星的埃德加交易。埃德加其实是一只相当于地球上的蚁后一样的“虫王”，他随时都可以生产出数以亿计的像蟑螂一样的虫子。这种虫子可以在吃掉腐败的和被放射性物质严重污染过的东西后，排放出有助于吉尔星大气改善的气体，而埃德加最喜欢的食物正是玛卡人特有的这种“核糖”。

三人看罢正往前走，突然，不远处传来一阵吵闹声。

“又有热闹瞧了，咱们快过去看看吧！”卡鲁兴奋地说着，向声音传来的方向奔去。

“这家伙爱凑热闹的性子什么时候能改改啊！我们也过去吧，这里鱼龙混杂，什么事都可能发生，卡鲁性子急，可别吃了亏。”凯恩无奈地摇了摇头，拉着陈择瑞跟了上去。

“不行！摔坏了东西就要赔！这可是用珍稀的绿晶原矿制成的！大家都知道，经常接触绿晶可以提高生物体的免疫力，防止体内基因突变，预防各种疾病，还具有延缓衰老、美容养颜的功效。这么大块的绿晶是很难找到的，而且还是著名雕刻大师的作品，珍贵之处就不用我多说了吧？”

“你这就是讹诈！我们根本就没碰，它自己掉下来的，凭什么要我们赔？”

“自己掉下来的？笑话！好好地摆在那里，没人碰会自己掉下来？旁边又没有别人，就你们在那儿站着，不是你们碰掉的还会是谁？别以为变了模样就可以赖掉，我记住你了，不赔你们谁也走不了！”

“我们站在这儿是没错，可的确没碰到啊！大家给评评理，我们两个人走到这儿刚停下一看，他那个东西突然就从架子上掉了下来，这怎么能怪我们呢？”

“是维娜和莱克！”

刚刚赶来的陈择瑞听到从人群中传出的争吵声，赶紧挤了进去。维娜和莱克对面站着一个身高不足一米、暗绿色皮肤的生物，一件破麻袋样的袍子披在他的身上一直拖到地，大大的脑袋上长着几根稀稀疏疏的白色毛发。他满脸的褶皱，细长的小眼睛两边是一对向左右平行延伸的三角形尖耳，双手都只有三根手指，左手拄着根弯弯曲曲的木棍，右手抬起，中间那根指头正指着因为情绪波动又变成络腮胡子的维娜。旁边地上躺着一个透明翠绿色独角兽形的摆件，这个独角兽摆件的一条腿已经被摔断了。

“他们俩是你的朋友？”凯恩问。

“是啊，他们就是带我从塔里亚星来这里的维娜和莱克。到底发生什么事了？”陈择瑞焦急地想上前问个清楚。

“你先别急。”凯恩一把拉住陈择瑞，说，“那个绿色的小个子叫达达，是最近才来黑市星的，他仗着跟这里负责治安的小队长有点关系，便在这里摆了个摊子骗人。你看他那个用红布蒙着的货架，里面有些小机关，上面摆的全是些没用处的东西。只要有不熟悉的人一走近，他就会控制货架上的东西掉下来，然后以此来敲诈，就说是被人碰掉的，摔坏了要赔偿损失。因为黑市星严禁武力争斗，达达又和治安小队长有关系，所以一般人被敲诈了就只好自认倒霉。”

听到凯恩的话，陈择瑞不怒反笑，心想，这不就是碰瓷嘛！原来外星人也有干这行的呀！

“不要紧，我有办法。”陈择瑞上前两步站在了维娜和莱克的身边，给了他俩一个安慰的眼神后，摸了下后脑勺，悄悄拔下了一根头发藏在手心，然后对那个碰瓷的达达说，“他们是我朋友，有什么事跟我说。”

达达翻了下小眼睛，晃着那对尖尖的耳朵，指着地上的独角兽摆件说：“这两个人把我珍贵的用绿晶雕刻的神兽摔坏了，你说该怎么办？”

“是吗？我看看。”说罢陈择瑞蹲下身，先看了看地上那个翠绿色的独角兽，突然脸露诧异地用左手一指天空，大喊了一声，“那是什么来啦？”就在所有人都顺着他指的地方看去时，他右手一翻，飞快地把地上断掉腿的独角兽摆件收进自有空间，然后用藏在手心的那根头发变了个一模一样完好无损的独角兽摆件。他这个偷梁换柱的过程很快，没有被在场的任何人发觉。当大家看到天空中除了几只飞行类的鸟兽经过，没有什么特别的东西时，又纷纷把目光落回到了他的身上。

只见他站起身，手里拿着一个完整无缺的翠绿色独角兽摆件，对围观的人群说：“不好意思，各位，我刚才眼花看错了。”接着又对碰瓷的达达说：“你刚才是不是也眼花呀？你的东西一点都没坏，现在可以让我的朋友走了吧？”说完就把手中的翠绿色独角兽递了过去。达达接过来翻来覆去仔仔细细地看了又看，的确是完整无缺，连一道轻微的裂缝也没有。

“这……刚才明明看到他们把我的神兽摔坏了啊，一条腿都摔断了，大家都看到了，怎么现在又没事了呢？”达达自言自语道。周围看热闹的都是来自各个星球、到这里做交易的文明生物，其中很多人都看不惯达达这种讹诈的行为，所以没有一个人帮他说话。

“你的宝贝也没什么事，我们可以走了吧？”陈择瑞戏谑地看着达达。

“可是……”

达达还想说点什么，就被卡鲁打断了：“可是什么？人家又没弄坏你的东西，你还想怎样？”

“没事了，大家都散了吧。”陈择瑞说完，拉着维娜和莱克，向卡鲁和凯恩使了个眼色，扭头便朝飞船停放的方向走去。

离开了人潮涌动的交易区，卡鲁和凯恩也跟了上来。此时的维娜已经恢复了原本的女性形象，她对刚才发生的事情十分不解，向陈择瑞问道：“刚才那个摆件我明明看到掉在地上，一条腿摔断了，怎么你一拿起来就复原了呢？”

“是啊，虽然我们没有碰到，可它的确是摔坏了，你是怎么做到的？难道你们地球人拥有用意念修复分子结构的能力？”莱克对此也是大为不解。

“哈哈，我的能力可多着呢！刚才那并不是意念什么的，不过就是个小小的戏法，坚持不了多久，总而言之，咱们先离开这里再说。”听他这么说，四人便没再问下去，他们一起乘坐着维娜从自有空间取出的粉色飞梭，向飞船停放的地方驶去。

在路上，凯恩提议道：“小兄弟，如果没有别的事，你和这两位塔里亚星的朋友就一起去我们的星球做客吧！”

“说得对，你们可一定要去啊，我的族人们要是知道你是从地球来的，一定会非常欢迎的！”卡鲁也附和着说。

“好啊，我也正想去阿尔法星看看呢，维娜、莱克，咱们一起去吧！”陈择瑞刚才在路上已经对维娜和莱克讲述了凯恩和卡鲁的来历及他们相识的经过。

“据我所知，要从这里去阿尔法星差不多要横跨半个银河系，整个路程大约有5万光年，我们来时乘坐的飞船最大航行速度才10倍光速，即使运用空间折叠技术也需要很久才能到达。”莱克无奈地对陈择瑞说。

维娜说：“要不然咱们先回去，我们塔里亚星最近正在研究一项新型技术，用不了多久便可以大幅度缩短超远距离的星际穿梭时间了。”

“不用这么麻烦，坐我们的飞船，一顿饭的工夫就可以到阿尔法星！”卡鲁得意扬扬地说。

“你们难道已经掌握黑洞空间技术了？”听了卡鲁的话，维娜和莱克异口同声地问道。

“我们也是在不久前刚刚取得对黑洞空间技术的突破，现在还处于实验阶段，如果你们塔里亚星也感兴趣，我们可以一起分享研究成果。”凯恩诚恳地答道。

“那真的是太好了！”维娜兴奋的神情溢于言表。

“哎呀，别只顾着聊啊，你们说的这些，我在塔里亚星接受的传承里怎么没有呢？谁能给我解释解释啊？”极度渴望了解外星高等级文明技术的陈择瑞，对所有新的知识都如饥似渴。

“你别着急，这个问题，还是由我来告诉你吧……”莱克很理解这个由他带到这里的地球人现在的心情，对陈择瑞详细地解说了起来。

黑洞空间技术，顾名思义就是对黑洞空间进行利用的一种技术。在2级文明中，几乎所有智慧生物都达不到拥有黑洞空间技术的程度，如果某个文明在这方面有所突破，起码会使其上升0.5个文明等级。这是一种比空间折叠更快的星际航行方式，可以到达极其遥远的星域进行探索，真正地实现咫尺天涯，传说中甚至可以借此到达宇宙的尽头！

黑洞分为两种，一种是在宇宙空间中自然形成的，是不可控的，另一种就是高等级文明为了进行超远距离星际航行而特意制造出来的。它相当于在宇宙空间中打开一个通向“外面”的“洞”，可以吸引包括光在内的几乎所有物质，但是它的制造者却能控制被吸引来的物质的去向。在黑洞的另一面，是被称为“白洞”的存在，也就是黑洞制造者所要到达的目的地，在那里，黑洞吸收的物质瞬间全部被白洞“喷”出，就这样，黑洞空间技术的掌握者便完成了一次超远距离的星际航行，这才是黑洞的真正用处。

塔里亚星正在研究的其实就是这个黑洞空间技术。塔里亚人在2级文明中一直处于领先地位，在得知凯恩他们已经进入实验阶段时显然十分惊讶，并且急迫地想了解和掌握这项技术。

飞梭到达了停放飞船的那片巨大的空地，卡鲁带头来到了一艘足有十几层楼高、淡蓝色三叉戟形的飞船下。凯恩当先一步站在众人前面，只见他的嘴微微张合，却好像什么声音也没有发出，这是亚特兰蒂斯人当年在地球被迫迁移到海底生活后，才慢慢进化出的特有的“次声呐”。突然，一道蓝色的光柱从三叉戟形飞船的最顶端射出，笼罩了他们五人，一瞬间，大家就已经来到了飞船的内部。飞船里面也同样是淡蓝色的，虽然他们处于整个飞船的主控制大厅，却见不到有关驾驶和操控的任何装置，大厅中央的半空，悬浮着一个紫色短发，上半身人形、下半身鱼尾的美人鱼，那是控制整艘飞船的智脑虚拟形象的 6D 投影，飞船的一切功能全部由她根据凯恩用次声呐发出的指令来完成。

“先来一杯你们亚特兰蒂斯族的‘海洋之泪’吧。”卡鲁对酒的迷恋超出了他对食物的喜爱。

“咱们还是先离开这里再说吧，陈择瑞刚才变的那个戏法现在可能已经失效，那个碰瓷的达达恐怕要发现真相了。”维娜怕再招惹不必要的麻烦，惴惴不安地说。

“这倒不必担心。”卡鲁大大咧咧地坐到一张舒适的圆椅上，跷起了二郎腿，说，“凯恩在你们一离开时就对那个小子使用精神操控进行了记忆修改，现在他根本就不记得刚才发生过什么事，更不会记得咱们几个人。要我说，大家还是先喝一杯再启程吧，海洋之泪可是亚特兰蒂斯族独有的美酒佳酿，这在别处可是根本喝不到的！快让丽丝上酒啊，你不会不舍得吧，凯恩！”

凯恩对这个嗜酒如命的卡鲁也是毫无办法，便用次声呐发出了指令。不一会儿，虚拟投影的智脑丽丝飘浮着端来了几只水晶酒杯，那杯中的液体如深邃的海洋一般湛蓝，拿到手中却没有一丝晃动。卡鲁用大手的两根手指轻轻捏起一只杯子，一扬头，杯口朝下，张开了他那“血盆大口”，满满一杯海洋之泪并没像想象中那样被倒入口中，而是先缓缓地朝杯口凝聚着，一滴一滴深蓝色泪珠一般的液体慢慢地滴落下来。

卡鲁咂吧了一下嘴，嘀咕着：“味道是真不错，就是喝起来太费劲！你也太小家子气了，每次都用这么小的杯子倒酒，要是换个大桶，一下应该能多滴一些出来吧。”

凯恩哭笑不得地说："你要知道，整个亚特兰蒂斯族一年也就只能酿出一百多升海洋之泪，我才能分多少啊！我的这点配额已经差不多都被你给喝了，这样还算小气？你这家伙也太没良心了！"

"好好好，是我不对，你是全宇宙最大方的大好人！这总行了吧？我不过就是嫌这么喝酒太麻烦，结果你跟个怨妇似的都哭诉起来了。"

"你……"

哥儿俩在那里拌嘴，听得陈择瑞、维娜和莱克大笑起来。

前往玛雅人和亚特兰蒂斯人所在的阿尔法星的旅程就在这愉快的笑声中开始了……

第十三章 敌袭

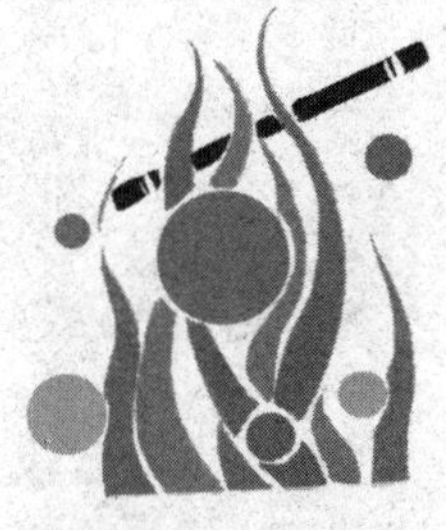

凯恩用次声呐发出了命令，智脑丽丝控制着淡蓝色三叉戟形的飞船载着众人缓缓升空，戟尖向上，眨眼间就离开了这颗绿色的黑市星，来到一片空寂的宇宙空间。

因为黑洞能够吸收周围的一切物质，为了避免不相关的生物被吸进来造成“误伤”，所以，黑洞空间的制造就需要在一个相对空旷的地方进行。三叉戟飞船所处的这片空间选得很好，附近只是偶尔有几颗大小不一的陨石悄悄滑过。忽然，从飞船底部的推进器涌出一股橙色的光，一直向上延伸，而后，在这光到达戟身前端时一分为二，沿着三叉戟左右两边的尖端向中间汇聚而来，同时，正中央的戟尖也散发出一道白光，同两旁射来的橙光聚在一起，三道光芒合一，立刻爆发出夺目的光彩。聚在一起的光慢慢形成了一个光球，从戟尖脱离，颤颤巍巍地向前方飘去，飘出大约 1000 米后，便渐渐消失了，像是融化在这茫茫宇宙之中。就在光球消失的同时，那个位置上突然出现了一个极小的黑色圆点，并且在逐渐扩大……

“嗖，嗖嗖……”几颗正巧经过附近、汽车般大小的陨石突然改变了原本的运行轨迹，紧贴着众人乘坐的这艘飞船飞掠而过，以极快的速度向那正在增大中的黑色圆形撞去。就在这几颗陨石刚刚接触到那黑色圆形时，并没有出现预料中的剧烈撞击，而是所有陨石突然间悄无声息地消失了！

距离此地最近的一颗巨大恒星正散发着一片柔和的光，随着黑洞的逐渐形成，原本向着四面八方散射的光芒骤然汇成了一束直径几十千米的光柱，朝黑洞中心激射而来，在刚到达的一瞬间便被吞噬。“真的是连光也逃不脱黑洞的吸引啊！”亲眼看见这一切的陈择瑞，被眼前这壮观的景象深深地震撼了。他不由得想起了地球上的人类科学家对黑洞的定义：当一颗垂死的恒星崩溃时，它将聚集成一点，这里将成为黑洞，吞噬邻近宇宙区域的所有光线和任何物质。

原来地球人摸索到的仅仅是黑洞特性的一方面而已，对它的成因和用途却是连一知半解都做不到。

“你们的黑洞空间技术研究到哪一步了？”维娜向凯恩问道。

“我们现在正处于初期实验阶段，目前黑洞空间维持时间很短，每次只能保证一艘像我这样的C级飞船通过，并且会消耗巨大能量。如果需要的话，具体数据资料等到达阿尔法星后就可以给你。”凯恩十分慷慨。接着，他又对众人说，“因为黑洞之中的时间和空间都会发生扭曲、震荡，有可能对生命体的精神和肉体造成损伤，所以，等一下丽丝会用‘生命维持系统’保护我们，请各位不要反抗。当然，这个系统是不会阻碍大家欣赏沿途风景的。没有问题的话，我们就准备出发吧。”

说完，看大家都没有异议，凯恩便向丽丝点了点头。这个与真人一般无二的智脑6D虚拟投影丽丝凌空飘浮，轻轻抬起右臂，手心向上，五指张开，分别指向了在场的五人。只见丽丝的掌心出现了一颗蓝色的“水珠”，而后，“水珠”又分成了五股“水线”，顺着她的手指向指尖流去。不一会儿，丽丝右手的每一个指尖都凝聚出了一颗“小水珠”，紧接着，这五颗“水珠”脱离丽丝的手指，向众人飘去。“水珠”刚一离开丽丝的指尖，就开始迅速膨胀变大，从最初的如同黄豆般大小，逐渐变为西瓜一般，并且还在继续膨胀……当飘到众人面前时，已经成为一颗巨型“水珠”了，而且看起来它应该还会根据每个人的身材自动调整自身的体积，卡鲁面前的那颗就明显比其他人的大了一圈。

“啵”的一声，还没等陈择瑞看清，便被面前的这颗“水珠”包裹了起来。悬浮在“水珠”之内的他，觉得这里面的空气既像气体又像液体，似乎格外浓稠，却并没有感到丝毫的不适，外面的景象也能看得清清楚楚。他的旁边，维娜、莱克、卡鲁和凯恩也同样各自被“水珠”包裹着。

忽然，每个人的耳边都清晰地传来凯恩的声音：“这就是我们亚特兰蒂斯族的生命维持系统，只要在这里面，大家就不用担心会受到外界环境的伤害了。”

“嘿嘿，怎么样？这个大水珠够牛吧？这里面是有传音装置的，咱们可以任意交流。它能给我们提供最高SSS级的防护，足以对抗时空的扭曲和震荡，而且还具备疗伤功能，只要生物体全身机能没有完全停止，任何伤病都可以在短时间内复原！这在整个2级文明中都属于顶级的科技！”卡鲁得意扬扬地说，就像这些都是他创造的一样。

三叉戟形飞船在智脑丽丝的操控下正缓缓接近黑洞，除了他们乘坐的这艘飞船和远处恒星射来的那道光柱外，附近已经没有任何物体存在了……

5 万光年外，是由一颗恒星和六颗行星组成的勾陈星系，凯恩和卡鲁的母星阿尔法星就在其中。这是一颗一半被绿色丛林覆盖、一半是蓝色海洋的美丽行星，它的直径超过 130 万千米，相当于地球的 100 多倍。在那深蓝色海洋的最深处，亚特兰蒂斯族的王宫内此时一片嘈杂。

“王子殿下还没有找到吗？维埃帝国已经下达了最后通牒，国王陛下命令马上联系王子返回，做好一切应战准备！”

“我们一直在和王子殿下联络，但没有收到任何回复。王子殿下所乘坐的飞船目前应该正受到空间干扰，无法进行通讯。”

“如果真的开战了，我们会是对手吗？”

“维埃帝国太强大了，我们根本就无法抵抗！”

“听说玛雅族的萨姆纳王也来了，正在和我们的国王陛下商议对策。”

“我们可从未招惹过维埃帝国，这到底是为了什么呀？”

“即使是高等级文明也不能不讲道理啊！凭什么给我们下最后通牒？我们亚特兰蒂斯族可不是想捏就捏的软柿子！”

“对，大不了跟他们拼了！”

“大家都冷静点，事情也许还没有严重到那个地步。”

……

就在众说纷纭乱作一团的时候，王宫议事大殿内，亚特兰蒂斯族的波塞冬王和玛雅族的萨姆纳王眉头紧锁：“我们的解释没有得到任何回复，维埃帝国方面已经发出了最后通牒，要求限期无条件达成他们的所有要求，否则就会对我们宣战！问题是，他们提出的要求实在是太苛刻了！”波塞冬王高大挺拔的身躯披着金袍，头戴金色王冠，严肃而又刚毅的脸庞上充满了愤怒的神情。

“依我看，维埃帝国这群强盗根本就是想吞并我们！打就打，宁愿战死也不能当他们的奴隶！”虎背熊腰的萨姆纳王咬牙切齿地说道。

“问题是，单凭我们的力量根本不足以对抗文明等级高于我们的维埃帝国，为了保证我们两族文明的延续，为了古老的传承不会消失，为了祖先们这么多年奋斗的成果不毁在我们这一代手中，必须要想出万全的对策才行！”波塞冬王此刻忧心忡忡。听着两位王的谈话，亚特兰蒂斯族在场的内阁重臣们都面面相觑，甚至连一个敢站出来说些什么的人也没有。

在萨姆纳王到来之前，波塞冬王为了商讨应对措施，已经召开过两次内阁紧急会议。会议的结果是，内阁大臣们分成了三派，一派主战，主张拒绝一切无理要求，决不向维埃帝国妥协，动用所有力量积极备战，即使战到只剩最后一人也不能投降；一派主和，认为文明等级差异的鸿沟无法逾越，战争的结果只能是被彻底毁灭，为了种族的延续，应该与维埃帝国进行和谈，使其修改之前提出的要求；另一派的几人则表示，波塞冬王的睿智是无人能比的，他们完全遵从国王陛下的旨意，唯马首是瞻。

“警报，警报，敌袭！警报，警报，敌袭！警报，警报，敌袭！星系自主防御系统已启动，请做好防护准备……”突然，警报声响起，阿尔法星所在的恒星系启动了防御系统，瞬间把整个勾陈星系都笼罩了起来。

“轰隆”，王宫一阵剧烈晃动，众人都有些站立不稳。不只是亚特兰蒂斯族的王宫，海洋、陆地、丛林……整个阿尔法星，乃至其他的五颗行星都出现了震动，甚至连这个恒星系的“太阳”——北极星都暗了一下。

“高等级文明的攻击果然厉害，这恐怕只是宣战前的警告型攻击吧，国王陛下，您可要尽早做出决断啊！”已经1700多岁高龄、资格最老的内阁长老羌克利颤颤巍巍地说。

与此同时，凯恩的三叉戟飞船已经到达了黑洞边缘，那道恒星光柱依然源源不断地被黑洞吸收着。飞船的外层覆盖着七彩光芒，像是披上了一层彩虹外衣，这是一层防止船体受损的保护罩。船舱内的众人身处生命维持系统内，做好了进行黑洞空间穿梭的准备，但他们对于阿尔法星上此刻发生的一切却一无所知……

第十四章 疯子

凯恩的三叉戟形飞船进入黑洞的瞬间，船舱中的人都感觉大脑一阵眩晕，思维一片混乱，身体像是被一双无形的大手扭曲着，好在有生命维持系统的保护，虽然很难受，但还在众人的承受范围之内。卡鲁和凯恩像是习惯了这种经历，只是眉头微微一皱，神色便恢复正常。陈择瑞因为身体和精神都得到过诸神之杖的改造，所以这些对他来说基本没什么感觉。而维娜和莱克就不同了，莱克身强力壮，承受能力比较强，只是脸色有些不好看；维娜却满脸通红、龇牙咧嘴，像是在苦苦支撑着。陈择瑞见状暗暗和藏在耳朵眼里的诸神之杖沟通了起来。

“小金子，在吗？”

“呦，您还记得我呀？这么长时间不理人家，还以为您把我给忘了呢！”

“嘿嘿，哪能呢！不是不想麻烦你嘛！”

“那现在找我是有什么事呢？”

“你看那个女外星人很痛苦的样子，有办法能帮帮她吗？”

“看来您挺关心她呀，嘿嘿！”

“哪有啊！你可千万别想歪了！我就是看她太痛苦了，想问你有没有办法。”

“您真是太无私、太仁慈、太伟大了！嘻嘻……”

“好啊！你长本事了是吧？竟然敢取笑我！看我不把你扔进茅坑，叫你‘遗臭万年’！”

“投降，投降，我投降！您别当真啊，我这不是跟您开玩笑呢嘛！”

“别废话了，就说你到底有没有办法吧！”

“当然有！我之前给您的知识灌输里，有你们祖先创造出的点穴术，她的身体构造和你们地球人类近似，点穴术对她同样有效。您只需要双手食指弯曲，用第二指节分别点她的膏肓穴，然后再点风池穴，就可以让她振奋精神，抵抗时空扭曲的痛苦了。”

“点穴？我想想……还真有！”

在记忆中搜索了一下，陈择瑞发现当时诸神之杖给他灌输的知识里面，果然有中国古代的“点穴术”！惊喜之余他又犹豫了一下，在亚特兰蒂斯人的生命维持系统内，黑洞空间的时空扭曲对他基本没什么影响，但要想给维娜点穴，就必须离开这个“水珠”，到时也不知道自己能不能承受得住。看着维娜痛苦的样子，他把心一横，心中想，为了朋友，自己冒点险也是值得的，再说了，有这么厉害的诸神之杖，怕什么啊！下定了决心的陈择瑞先把一只手臂探出了包裹着他的“水珠”，一阵猛烈的刺痛马上袭来。

“你在干什么？快把手缩回去！”凯恩冲陈择瑞大喊。

“别胡闹！没有这个生命维持系统的保护，你会被时空扭和萨姆纳王还有事要商议，你们先去准备一下，把你的兄弟给他们介绍介绍。”

“是，父王。”凯恩随即带陈择瑞等众人出了大殿。

来到殿外，凯恩道：“大家先去我的住处吧，咱们也商量一下此行的计划。”见大家都没有什么异议，凯恩当先带路向不远处的一个院落走去。那是一个小巧雅致的独门院落，亭台楼阁、小桥流水，类似苏州园林式的设计风格，让陈择瑞感觉仿佛回到了地球。

七人进入会客厅，分宾主落座，凯恩首先开口道：“我先给四位介绍一下。”他指了指卡鲁，说：“这是玛雅族的卡鲁。”又指了指陈择瑞，道：“他是来自地球的陈择瑞。”

“王子殿下，对玛雅族的勇士卡鲁我早有耳闻，你们的交情我们也是知道的，只是……”壮硕的阿瑞斯斜眼看了看陈择瑞道，“这个地球人有啥能耐？我们竟然还要服从他的命令！”

“就是，就是，这小子一看就没什么本事，更何况，听说现在地球上的人类，文明等级低得可怜，我们堂堂亚特兰蒂斯一族的精英，凭什么听他的指挥呦！”那个走路扭扭捏捏、叫作库克的家伙果然是个“娘娘腔”。

大胖子盖亚只是笑了笑，什么也没说，不过看他的表情，应该也赞同阿瑞斯和库克的话。只有那个小个子赫尔墨斯，眼珠滴溜溜地乱转，不知道在想些什么。

凯恩一改往日谦逊的神情，起身厉声怒喝：“放肆！你们怎么敢这么说！更何况……”

没等凯恩把话说完，陈择瑞也站了起来，把凯恩按回到座位上，转过身对阿瑞斯说道：“你叫阿瑞斯吧，听你的意思，是对我不服气啊。既然这样，咱们干脆比画比画可好？”

“好，这可是你说的，咱们就来比试一下！”阿瑞斯自信满满地说道。

“阿瑞斯，我父王的话你也敢不听了吗？”凯恩怒道。

“没事，咱们是一个团队，需要相互配合，这次的任务至关重要，有问题还是提前解决了好！阿瑞斯，怎么比由你们定，我都行！”陈择瑞面对亚特兰蒂斯族派出的精英，没有丝毫畏惧。

“我挺你！”卡鲁对陈择瑞满怀信心。他的身旁是刚刚被萨姆纳王召唤来的破军、贪狼、白虎和玄武，玛雅族这四位勇士也都兴奋异常。

“我们亚特兰蒂斯族尊敬有胆识的勇者，你只要能接下挑战，我们四人在这次行动中，一定会听从你的号令，绝无二话！”

阿瑞斯话音刚落，库克接着道：“哼哼，如果你失败了的话……”

陈择瑞一皱眉，他实在听不惯这个娘娘腔说话，连忙道：“我败了就听你们的差遣！”

阿瑞斯大手一挥，说道：“那就一言为定！”

此时在维埃帝国王宫里，维埃五世端坐在他的书房中，身后恭恭敬敬站着的黑袍人依然看不清面目，他还是用那阴森而又沙哑的声音说道：“陛下，据棋子传来情报，银河系成立的所谓‘诺亚联盟’，是以阿尔法星和塔里亚星为首的，他们正在整合星系内所有资源，做战前准备工作。”

“嘿嘿，有趣！那些蝼蚁难道真的认为能够抵挡我的进攻吗？既然这样，就继续这个游戏，让棋子们动一动吧。”

“遵旨！”

第十九章 比试

亚特兰蒂斯族王子寝宫内，凯恩带领众人走出会客厅，来到院中一座孤零零的房间门口。这间不大的房子整体呈银灰色，外观看起来普普通通，跟院子里其他的亭台楼阁相比，十分不起眼。

“你不会是带我们来这里集体‘方便’吧？我现在可还没什么感觉呢。”卡鲁也是第一次来到凯恩的住处，不解地问。

“你看看那门上的字是什么？”凯恩听到卡鲁的话哭笑不得。众人抬头观望，只见这个房间正门的上方，飘浮着几个流光溢彩、绚烂夺目的亚特兰蒂斯族文字——时空训练场。

凯恩解释道：“这是我平时锻炼的地方，运用了我族最先进的空间和时间技术，可以模拟不同的重力及环境。这里拥有接近无限的空间，而且在里面所消耗的时间，只相当于外界时间的百分之一。你们不是要比试吗？这就是最佳的场所了！”

“那么厉害啊！你这可就不够意思了，有这么好的地方也不跟我说！早知道，我进去练上一年，不就等于练一百年了嘛！”卡鲁眼珠瞪得都快凸出来了。

“胡闹！这里面每次进去不能待太长时间，否则很容易产生时空错乱的感觉，最终会导致精神崩溃！再说，我们的能力不是靠长时间训练得来的，锻炼的目的只是为了更熟练地运用自己的能力罢了。好了，大家跟我进来吧。”说罢，凯恩伸出右手，在门框上轻轻按了一下，大门无声无息地打开了，他当先一步走进了这间神秘的“时空训练场”。

除了凯恩，进入房间的每一个人，在看清眼前的景象时，都不由得一怔。这哪里是个房间啊！无论是前后左右，还是头顶脚下，四面八方到处都是大大小小的各种宇宙天体，让人感觉仿佛正置身于茫茫星空之中。

陈择瑞最先反应过来：“这……这是到哪儿了？”

这个空间如此真实，就连刚刚擦身而过的一颗陨石所带起的波动，他都能清晰地感受到。其他人更是张大了嘴巴，左顾右盼，不知身处何地。等众人都缓过神来，凯恩才不紧不慢地说：“这就是时空训练场，是一个人为开辟出来的特殊空间。在这里，即使你把天捅个窟窿，也不会对外界造成任何影响。大家可以放开手脚，尽情施展，需要什么环境就跟我说，我会帮你设定，保证和真实环境一般无二。”

“那就由我先来献个丑吧！”说话的是那个小个子赫尔墨斯，他先前一直都没有吭过声，这时却突然站了出来，让众人都感到十分诧异。

“赫尔墨斯，你想和陈择瑞比试什么？”凯恩问道。

“王子殿下，我想领教一下他的速度。”

“哦，那你需要设定什么样的环境呢？”

“并不需要什么特殊的环境，我们只比绝对速度。在不借助任何交通工具的前提下，往返六分之一光速距离，用时最短者为胜！请您在离此地六分之一光速距离处，设一个返回点就可以了。”

听到赫尔墨斯的话，陈择瑞心中先是一惊，暗道：“往返六分之一光速距离，也就是说一共要跑三分之一光速距离，差不多要10万千米啊！那可是相当于2300多个马拉松了！”不过转念又一想，我怎么把这茬给忘了！哈哈，赫尔墨斯这小子算是撞枪口上了！他的脸上不由得露出了笑容。

“你千万别大意！这个赫尔墨斯我听说过，别看他长得不起眼，论速度却无人可及，在亚特兰蒂斯族中可是出了名的‘飞毛腿’！”卡鲁很担心，暗暗传音道。

“放心吧，这点事还难不倒我，您就瞧好吧！”陈择瑞自信满满地回答着。

凯恩转向陈择瑞，问道：“赫尔墨斯的挑战你接受吗？”

“接受！”陈择瑞干脆地回答。

“好！我现在就开始设定起点和返回点，并且会用全息投影来展现比赛的全过程，在场的每个人都是裁判，最终的胜负由大家来共同评判。”

不需要过多的准备，凯恩也只是向这个训练场的中央控制系统下达了指令，陈择瑞和赫尔墨斯的速度之争便正式开始了！

随着凯恩的一声令下，只见赫尔墨斯骤然化作一阵轻烟，消失了！再看陈择瑞，双手掐腰，闭着眼睛，脑袋左摇右摆，屁股晃来晃去，像是在做热身运动。

“你在干什么呀？比赛已经开始啦！还不快追！”卡鲁看着陈择瑞的样子，不由急得跳起来大叫。

陈择瑞又扭了两下，这才慢悠悠地睁开眼，不慌不忙地说道:“你着什么急呀？瞧赫尔墨斯的两条小短腿，让他先跑一会儿，省得我赢了他再不服气。”

“唉，你先看看他现在到哪儿了吧！”卡鲁急得抓耳挠腮，指着众人头顶上方的全息投影说。只见此时赫尔墨斯早已到达了返回点，整个身体形成一道虚影，正向终点这边冲过来！

陈择瑞此刻也有些急了，心想，无论如何也不能上来第一场就输呀，那多没面子啊！顾不得再说什么，他右脚狠狠地朝地上一跺，身子一下纵到了半空，低头，弯腰，身体前倾，像是要翻跟斗的样子。只听“咻”的一声，身处半空中的他就这样突兀地消失了！就在众人错愕之际，“哇！你们快看，他好厉害哟！”娘娘腔的库克紧盯着投影，双眼放光，跳着脚直拍手。

原来，全息投影中显示着，陈择瑞正站在返回点朝这边挥手呢。再看赫尔墨斯，他离终点已经越来越近，估计再有两三个呼吸的时间就可以到达。凯恩也抬起了右手，准备宣布获胜者的名字了。就在赫尔墨斯即将冲过终点的瞬间，眼前一花，陈择瑞竟然已经背向他，站在了前面，两人差点撞到一起。赫尔墨斯前冲的身子一顿，赶忙收住脚步，一屁股坐在了地上，他大口喘着气，龇牙咧嘴，半天缓不过劲儿来。

陈择瑞冲他一抱拳:“承让承让，没事吧兄弟？”

赫尔墨斯在超高速运动中突然停止，为了抵抗惯性而产生的反作用力，让他的五脏六腑如同翻江倒海一般难受，根本就说不出话来，只好摆了摆手，表示自己没有大碍。

其实，从赫尔墨斯离开起点，到现在总共也只有不到一分钟的时间！在场的所有人都愣住了，这是什么样的速度啊！不借助任何工具，单凭肉体，他几十秒就奔行了三分之一光速的距离！陈择瑞的表现则更加令人震撼，他是在对手开始返回时才出发，仅用了十几秒，就超越了以速度著称的赫尔墨斯到达终点，这种速度只能用恐怖来形容了！

“哈哈，你小子真行啊！原本以为你只是力气大，没想到速度也这么快，害得我刚才白为你担心一场！”卡鲁拍着陈择瑞的肩膀，咧着大嘴，满脸乐开了花。

陈择瑞笑了笑，没说什么，其实他也是后怕不已，心道：“真是太大意了，要不是筋斗云够快，这场我非输不可！”

“我宣布，第一场比试陈择瑞胜！众位都没有意见吧？”胜负是显而易见的，对凯恩这个结论，自然不会有人提反对意见。

“盖亚，第二场你去试试吧。”阿瑞斯一拍那个细眉小眼、从头到脚穿着一身黄的大胖子说。

“好！”那胖子倒不啰唆，答应一声，大步朝陈择瑞走来，拱手道，“我叫盖亚，想领教阁下的攻击力。”

“可以啊，你想怎么比呢，说来听听。”陈择瑞刚才因为自大，差点输给赫尔墨斯，现在他可不敢再存轻视之心了。

“很简单，在一颗普通星球上，你随便向我攻击，只要能逼出我的真身，就算你赢！规则只有一个，除冷兵器外不准使用任何武器。”

听了盖亚的话，陈择瑞略做思考后说道：“行！就按盖亚的要求设定环境吧。”凯恩看到陈择瑞答应了下来，也就没说什么，开始了环境设定。卡鲁对这个盖亚的能力也不了解，挠了挠头，不知道说些什么，只好攥着拳，暗自给陈择瑞加油。

凯恩的工作已经完成，此刻，所有人正站在一颗土黄色的星球上。这是一个极荒凉的地方，黄色的山川，黄色的大地，却没有河流，更没有任何植物和动物。这个星球的太阳在头顶正上方高高地悬着，炙烤着干涸的大地。一阵风刮过，地面上尘土飞扬，让人睁不开眼睛。倒是盖亚，眯着他那双小眼，好像很享受的样子，似乎他在这样的环境里才是最舒服的。

“可以开始了吗？”陈择瑞问道。

“稍等，马上。”盖亚深深地吸了口气，那肥大的身躯忽然腾空而起。

“嘿嘿，这胖子倒是很灵活。”卡鲁忍不住打趣道。

盖亚这时已经飞到了几百米外，两臂左右平伸，双腿打开，整个人呈大字形站在一座上千米高的大山脚下。只见他闭上双目，全身的肥肉抖了两抖，颤了两颤。“轰隆隆！”突然间，随着一阵轰鸣，整个大地都震动了起来，盖亚身后那座山峰更是像要崩塌了一样，大块的岩石不断从山顶滚落而下，顷刻间就把他给埋在了里面。

“地震了？那胖子不会就这么给砸死吧？”卡鲁大惊。

陈择瑞也甚是奇怪，心想：“这是闹的哪一出呀？怎么还没比试就先把自己给活埋了？”

“吼……”陈择瑞还在疑惑，自山下那堆石块中传出了一声咆哮，紧接着，一个几十米高的巨大“石人”站了起来。之所以说是石人，是因为这人形怪物的整个身体，都是由刚刚从山上落下来的巨石堆成的。那石人伸展了一下粗大的四肢，晃了晃凹凸不平、看不出五官的脑袋，粗声粗气地开口了：“我准备好了，你可以开始进攻了。”盖亚！原来是盖亚！本以为被石块压在下面的盖亚，竟然变身成了石人！陈择瑞想起了盖亚之前说过的话，“只要能逼出我的真身，就算你赢！”也就是说，只要能把这个石人揍成胖子，这场比试就赢了。

“那我就来试一试！”

只见陈择瑞两腿稍稍弯曲，小腹微收，双足猛一蹬地，弓背拧腰，全身十几个关节同时旋转，整个身体向着那石人凌空弹射过去。就在接近石人的刹那，原本弯曲着的右臂肘关节，突然带动手臂前伸，五指并拢成掌，指尖朝前，食指、中指、无名指同时戳在石人的胸口处！紧接着，食指、中指、无名指和小指第二骨节弯曲，再次击打对方胸口同样位置！这还没完，他的右手此刻已经握成了拳头，又一次重重地击打在了石人的胸口上！这连续的三击，可以说是全力以赴，并且还用上了中国武术——咏春拳中的“寸劲”，再加上那被诸神之杖改造后强到变态的身体，不要说眼前这石块组成的石人，就算一座真正的山峰，也会被这几击打得彻底崩溃！

“轰，哗啦啦……”一阵烟尘过后，面前留下的，只有一地碎石块，唯独不见盖亚的踪影。

“老天！你……你不会是……是把那个大……大胖子给……给打碎了吧？”卡鲁被这几下重击惊得连话都说不利索了。

“我可没那么脆弱，刚才那只是热身，现在才是正式开始呢！”一个沉闷的声音从众人的脚下传来。如果此时从高空俯视大地，你便会发现，地面上形成了一张无比巨大的人脸，那胖乎乎的脸蛋和细眉小眼的样子，不正是盖亚嘛！

“呵呵，我现在已经和这大地融为一体了，你可以出手了，只要能把我逼出来，这一场你就赢了！来吧，让我看看你的本事！”盖亚那低沉的声音让陈择瑞陷入了沉思。

“不行！你使诈！”卡鲁怒道，“和大地融为一体，又不准用武器，这仗还怎么打？陈择瑞，等我给你拿个离子炮，直接把这个星球轰碎，看这胖子往哪里躲！反正是他先耍赖的！”

听卡鲁说到武器，陈择瑞眉头一皱，计上心头，随即说道：“请诸位闪开一点，要是有防护罩之类的东西，就弄一个，看我让盖亚自己乖乖地出来！”

“放心吧，我可以控制这里的一切，不会让大家受伤的。让我看看你是怎么逼他出来的！”凯恩也很是期待。

“好。”陈择瑞答应了一声，转身向前走了几步，一摸耳朵，绣花针大小的诸神之杖出现在了手里，他心中默念道，“小金子啊，这次就要看你的表现了，可别让我失望呀！”

“哼，平时也不理我，这是有事了，才想起我来啦！”

“别废话！要是让我出了丑，看我怎么收拾你！”

“这算什么，您就瞧好吧！”其他人可不知道陈择瑞在干什么，就见他低着头看自己的手，像是在喃喃自语。突然，陈择瑞拔地而起，半空中双手左右一分，一根手臂粗细、两米多长、金光闪闪的长棍出现在了手中。他两手交替舞了个棍花，那金色的长棍在恒星光芒的照耀下格外耀眼。舞罢，陈择瑞双手紧握长棍，高举过头顶，大喝了一声，“嗨！”头下脚上，朝地面俯冲而来，手中那长棍裹挟着呼呼的风声，雷霆万钧般狠狠地砸向了大地！

“轰……轰……轰……”只是这一下，整个星球都在颤抖，仿佛在地底深处，有一头庞然巨兽正在复苏，要冲出地面！凯恩、卡鲁、阿瑞斯等人全都站立不稳，喝醉了一般摇摇晃晃，库克更是直接趴在了地上。震动持续了三秒钟后，一个黄色球体像是被挤出来似的，浮现在地面上，并且还在不断地抖动。阿瑞斯、已经恢复了的赫尔墨斯和刚爬起来的库克，三人一起向那个黄色球体冲了过去。

“盖亚！盖亚！你怎么样？”三人急切地问道。此时盖亚的脸已经不是黄色，而是变得煞白了，他全身筛糠似的不停抖动，根本没办法回答。

“不用担心，我已经留手了，他的身体应该没有损伤。”陈择瑞平静地说。

“那就多谢了，这局还是你赢！”阿瑞斯皱着眉，不情愿地说。赫尔墨斯和库克把依旧哆嗦着的盖亚搀到了一旁。

凯恩对阿瑞斯问道：“还要再比吗？”

“比！当然要比！”阿瑞斯毫不犹豫地说，“这次我要和他比试战斗力，只要能赢得了我，今后我们四人都会绝对听从他的指挥！”

接下来陈择瑞将要面对的，是在亚特兰蒂斯一族中被称为“战神”的阿瑞斯！所有人都在想，他是否还能继续保持不败的战绩呢？

第二十章 取胜的关键

阿瑞斯对凯恩道:“王子殿下，请您帮忙设定个空旷一点的环境，至于重力嘛，100G 就行。”

“可以吗？”凯恩向陈择瑞问道。虽然在之前的两场比试中，无论是力量还是速度，陈择瑞都展现出了强大的实力，但是他这次的对手，可是号称“战神”的阿瑞斯!“放心吧，没问题！总而言之，我一定会让阿瑞斯输得心服口服！”前两场的胜利，的确让陈择瑞更加自信，但他真正的信心还是来源于那紧握在手中的诸神之杖!

从刚刚砸在大地上、逼出盖亚的那一棍，陈择瑞清晰地感受到了诸神之杖的威力！原本盖亚已经凭借自己特殊的体质和大地融为一体，可以让整颗星球分担他所受到的攻击。可诸神之杖竟然直接震荡了组成这颗星球的所有分子，并且在不破坏分子结构的前提下，硬生生地把盖亚给“挤”了出来!

“我承认你的速度很快，那件兵器很厉害，我这对超密度合金斧不是它的对手。”“哐当”一声，阿瑞斯把一对银光闪闪的巨斧扔在了地上，接着说道，“这场比试咱们定个规矩，谁也别用兵器，赤手空拳，各凭本事，不准逃跑，倒在地上起不来的就算输，你敢答应吗？”

听出阿瑞斯的话中含着对他的蔑视，陈择瑞的火也上来了，甩手就把诸神之杖丢到一旁，说道：“有什么不敢的？我陈择瑞怕过谁！听说你外号叫‘战神’是吧？待会儿我就让你改个名叫‘站不起来’，嗯，就这么说定了，小名就叫‘趴着’！”

“你！你别在这里逞口舌之强，我一定会战胜你的！”阿瑞斯气得不知道该说什么好。

“好……好重啊！”众人循声望去，就见卡鲁弯着腰，半蹲在那里，撅着屁股，双手紧紧抓着陈择瑞刚刚扔在地上的那根棍子，拼了命地想拿起来。他的脸涨得通红，像是快要滴出血来了，一对大眼珠子也凸出了眼眶，脖子上的青筋根根暴起，看样子真是使出了吃奶的力气，可他手中的那根棍子却是纹丝不动！

“你干什么呢？”凯恩问道。

见大家都在看着他，卡鲁松开手，直起了腰，不好意思地挠了挠头，道：“我刚才见这棍子那么厉害，想拿起来看看，哪知道它就像生了根一样，我费了半天劲儿都没能拿得动！这棍子到底有多重呀？”

“嘿嘿，其实也没多重，它就是会认人，除了我谁也拿不起来。”陈择瑞忙道。

陈择瑞说的是实情，但卡鲁却不信：“这就是你的不对了，不能看我实在，就不说实话呀！我又不傻，这棍子又不是什么生物，也没长眼，还能认人？”

“我哪能骗你啊，这事可说来话长……”

“咱们还是先进行比试，这件事回头再说吧！”凯恩打断了陈择瑞的话，其他人虽然也心存疑惑，但既然凯恩已经这样说了，众人也就不好再多说些什么了。

阿瑞斯和陈择瑞的比试正式开始了！这是一个大致由平原构成的星球，半空中悬浮着一个透明圆球，凯恩、卡鲁、盖亚、赫尔墨斯、库克，以及玛雅族的四位勇士破军、贪狼、白虎和玄武，这九人都被包裹在内。那球体可以隔绝外部环境，抵挡外界的冲击，保护身处其中的人不会受到伤害。凯恩吸取了上次的教训，怕战斗太过激烈，误伤到其他人。更重要的是，根据阿瑞斯的要求，设定的重力为100G，也就是说，身处此地的人自身体重凭空就增加了一百倍！不仅如此，这里就连大气的压力也同样增加了一百倍！人体在高重力下，会导致心脏的动力难以充分对脑部供血，所有器官都无一例外会受到强烈撕扯，从而导致器官受损衰竭，即使趴在地上也是一样！普通人如果暴露在这样的环境下，会被直接撕碎的！

“你的确很强！”

阿瑞斯和陈择瑞面对面站立着，他原本以为，这种连他都只能勉强坚持的重力环境，陈择瑞根本不可能承受！但现实是残酷的，站在面前的陈择瑞神态自如，双臂交叉盘在胸前，颠着脚，嘟着嘴，一副悠闲自如、满不在乎的模样。

“说吧，你想怎么打？”陈择瑞被诸神之杖改造后的身体，抗压强度极大，所以，现在这种环境对他完全没有影响。

“咱们空手对战，谁先让对方倒地不起，就算胜利。”阿瑞斯虽然不明白为什么陈择瑞看起来就像完全不受重力环境影响的样子，但他还是打起精神，做好了战斗的准备。

“那就来吧，先让你三招，省得一会儿说我欺负你。”陈择瑞这话一出口，阿瑞斯顿时大怒，在亚特兰蒂斯一族被称为战神的他，哪里受过这样的轻视！

“你……你欺人太甚！受死！”说罢，阿瑞斯两臂展开，弯腰蜷腿，双脚猛蹬地面，一下跃起将近两米，然后他收回左腿，右腿如同钢鞭一般，朝陈择瑞的左太阳穴位置大力地抽了过去！

“啪！”

“啊……”

阿瑞斯的一记鞭腿正中陈择瑞的头部，但那一声惊呼却是卡鲁发出来的。面对阿瑞斯势大力沉的这一腿，陈择瑞没有任何躲闪，卡鲁的心提到了嗓子眼。

“陈……”卡鲁刚一开口，阿瑞斯身形向下一沉，脚还未落地，右肘就迅速击出，“嘭！”这一下又结结实实地撞在了陈择瑞的胃部。借这一肘之力，阿瑞斯上身后仰，整个人倒向地面，双腿同时蹬出，向陈择瑞脚踝处狠狠地踹去……

从摆脱百倍重力跃起，攻击对手头部，到借重力加速度撞击对手胸腹，最后顺势攻击下盘，破坏对手重心，阿瑞斯这上、中、下三连击，行云流水，动作可谓是滴水不漏！

再看陈择瑞，好端端地站在原地，竟然像是什么也没有发生过一样。他邪邪地一笑，朝刚刚站起身的阿瑞斯说道：“现在该我了吧？”话音一落，陈择瑞双手齐出，闪电般戳向阿瑞斯。他出手的速度实在太快，以至于所有人都还没看清他的动作，阿瑞斯就已经僵直在原地，一动不动了！陈择瑞刚才的表现看似狂妄自大，其实，经过了之前和赫尔墨斯比试的教训，他早就打起了十二分精神！为了保险起见，陈择瑞用重手法，

接连戳中了阿瑞斯的神封、幽门、大椎、灵台等数处要穴。

“噢，差点忘了，要倒地不起才算输是吧？”

陈择瑞嘀咕了一句，伸出左手食指，轻轻地点在了阿瑞斯的眉心。“呼”的一声，原本瞪大了眼睛，站在那里一动不动的阿瑞斯，仰面栽倒在地。华夏古代武学中的点穴术，外星人又怎么能够理解的了呢！在场的众人大眼瞪小眼，呆呆地看着他们，心中都闪着同样的一个念头：难道这么简单就结束啦？原本期待的大战根本没有出现，号称战神的阿瑞斯就莫名其妙地躺在了地上，这到底是个什么情况？

凯恩撤去了之前设置的重力环境，走到阿瑞斯的身边探查了一番后宣布：“陈择瑞胜！”

“真有你的，连胜三场，哈哈！”卡鲁简直比陈择瑞还要兴奋，跑过来搂着他的肩膀，环视四周，骄傲地说，“还有谁不服？那个库克要不要也来练练？”

库克冲卡鲁翻了个白眼，道：“哼，我的专长可是超级技术研究，不像那些粗人，成天就知道打打杀杀的！愿赌服输，既然他赢了，我们遵守之前的约定就是了。”

盖亚和赫尔墨斯正扶着躺在地上的阿瑞斯连声呼唤，想让他站起来。但无论怎么折腾，阿瑞斯就是一声不吭、一动不动。要不是因为他一直睁着眼，眼珠子乱动，他们会以为他已经昏死过去了呢。听到库克的话，盖亚和赫尔墨斯也连忙说道：“是啊，我们一定会遵守之前的约定，请陈择瑞阁下先把阿瑞斯治好吧！”

“好的，各位别急，阿瑞斯不会有事。”陈择瑞走到阿瑞斯跟前，蹲下身，曲指连点了几下。

阿瑞斯一骨碌爬了起来，倒退两步，指着陈择瑞道：

“你……你刚才使的是什么妖法？”

“不得无理！”凯恩实在看不下去了，怒道，“什么妖法，这是地球上的一种高深武学！身为亚特兰蒂斯一族的勇士，就应该守信用，有担当！输了便是输了，不要为自己的失败找借口！”

“是！属下知错了！我会遵守自己的承诺，听从陈择瑞阁下的调遣！”阿瑞斯羞愧难当，满脸通红地低下了头。

“大家都知道，我们这次的任务至关重要，所有人都必须团结一致，容不得半点闪失！你们四个有什么异议吗？”凯恩向玛雅族的破军、贪狼、白虎和玄武四人问道。

“王子殿下，我们是受萨姆纳王和大巫的差遣来执行这次任务的，更何况也都非常敬重陈择瑞阁下，所以请您放心，我们一定会服从安排，听从指挥！”说话的依然是贪狼，其他三人好像一贯不善言辞，只在一旁点头称是。

当陈择瑞和阿瑞斯等几人进行比试的时候，亚特兰蒂斯族王宫密室内，波塞冬王和萨姆纳王正在秘密商议着。“这会不会是个阴谋？”萨姆纳道。“应该不会！据咱们银河系边缘的盟友得到的消息，维埃帝国控制区内，的确存在一个反抗组织。这个组织一向非常神秘，没有人知道他们的首领是谁。虽然遭受过维埃政权的多次围剿，但始终没有被消灭。这次他们主动与我们联络，正好是帮助凯恩他们潜入维埃帝国的一个绝佳机会！”波塞冬分析着。

听到波塞冬的话，萨姆纳还是有些顾虑，说：“但愿如此吧！可是，塔里亚星五大长老那边传来的消息说，诸神之杖的掌控者就是那个地球人陈择瑞，而维埃帝国攻击我们的理由，正是想要得到诸神之杖。你让他也一同去维埃帝国，这不是等于送货上门嘛！”

“对于这件事你不用担心。”波塞冬拍了拍萨姆纳的肩膀说，“据我所知，诸神之杖一旦认主，没有人可以改变，即使以3级文明的科技水平也做不到！除非掌控者自然死亡，否则，任何人无论通过何种方法，一旦剥夺了掌控者的生命，诸神之杖将会毁灭整个宇宙！而且，让诸神之杖和它的掌控者去维埃帝国，也许有机会解开最终的秘密，你难道不想知道宇宙的终极奥秘到底是什么吗？”波塞冬沉思了片刻，抬起头，凝望着远方道，“更重要的是，我感觉，凯恩他们的这次行动，或许才是决定我们在这场战争中能否取胜的关键……”

第二十一章 逼宫

凯恩、卡鲁和陈择瑞带领亚特兰蒂斯和玛雅两族的八位勇士，已经做好了出发前的一切准备，即将前往遥远而又未知的维埃帝国。这次行动除了参与者外，只有波塞冬王和萨姆纳王两人知晓，为了保密，出发地点选在了王子寝宫中的这座时空训练场。这里虽然是人为开辟出来的特殊空间，却可以通过黑洞来连接现实世界，从而到达目的地。

凯恩甩手抛出了个鸡蛋大小的东西，就在这东西落到离地面不到半米的地方时，忽然悬停在了那里，并且无声无息地不断变大。片刻后，出现在众人面前的，已是个直径十几米，就像颗普通陨石般的物体。那是个看上去灰扑扑，表面坑坑洼洼，呈不规则椭圆形的东西。别看它不起眼，这可是亚特兰蒂斯族目前最先进的星系飞船。

这艘飞船不仅拥有最新的黑洞空间技术，在设计和建造过程中还融入了特殊的空间材料和技术，操控者可以任意改变它的外形、体积以及密度。它变大时，能装下一整座山峰；变小时，如同鸡蛋一般可以握在手中。现在是这艘飞船的基本形态，同时也是一种最好的伪装。要知道，在茫茫宇宙中，大大小小的陨石如恒河之沙不计其数，又有谁会在意其中不起眼的一颗呢?

外面看起来不大的飞船，内部却极其宽敞，他们十几人进入内部，丝毫也不觉得拥挤，这正是空间技术运用的成果。听了凯恩的介绍，所有人都对这艘神奇的飞船充满了兴趣，卡鲁更是东敲敲西摸摸，一副好奇的样子。

“有这么好的东西不早跟我说！什么时候也给我弄两艘玩玩？”

“玩玩？还两艘？”凯恩一瞪眼，道，“你知道为了设计这艘飞船，总共耗费了多少时间吗？你知道为了建造这艘飞船，我们消耗了多少材料吗？你知道为了使所有先进技术与飞船完美融合，亚特兰蒂斯全族上下投入了多大的精力吗？即便付出了这么多，也只是在不久前才造出了这么一艘！这还是父王刚刚交给我的，如果不是我们这次的任务极其重要，恐怕连我都没有机会使用！”

“好啦好啦，我就是随便说说，你别当真嘛。”卡鲁看凯恩有些生气，嘟囔了一句后，就不敢再说话了。

“卡鲁也就是开个玩笑，你这一瞪眼，看把他给吓得。”陈择瑞赶紧过来打圆场。

“唉，我倒不是为了这个。”凯恩叹了口气，接着道，“我们的任务至关重要，他却像是要出去游玩一样！他根本就不明白，完全达到3级文明的存在有多么可怕！他完全没有意识到，咱们此行所担负的责任有多重！刚得到父王传来的消息，这次去维埃帝国，除了执行打探消息的任务外，还要与他们那里的一个反抗组织接触，并且取得对方的信任，尽可能联合起来共同对抗维埃政权。我们将要做的事情，也许会在这场战争中起到决定性的作用，甚至会影响整个银河系数万文明的未来！”凯恩的话让每个人都清楚地知道了自己所肩负的使命，所有人都沉默了……

见此情形，陈择瑞思索片刻，说道：“现在大家都知道了此行的目的，虽然我们面对的将是强大的3级文明，虽然敌人的科技水平远远高于我们，虽然我们的家园受到了严重的威胁，但是，我们有银河系数万文明组成的坚强后盾，我们还有诺亚联盟全体成员的齐心协力，我们更有崇尚自由、百折不挠、宁死不屈的精神！为了我们的亲人不被奴役，为了美好的家园不被践踏，为了整个银河系所有文明的继续传承，我们一定要完成这个任务！总而言之，兄弟同心，齐力断金！”他这番慷慨激昂的话语，感染了在场的每一个人，众人的士气瞬间高涨起来！

凯恩和卡鲁齐声说道：“对！兄弟同心，齐力断金！”他们义无反顾地踏上了通往维埃帝国的征途……

在亚特兰蒂斯族王宫花园的一座小巧别致的凉亭内，一张石桌上摆着几碟小菜、一对水晶杯和一壶“海洋之泪”，两个石凳上，波塞冬与萨姆纳相对而坐。

“孩子们已经出发了！来，兄弟，干一杯，祝他们此行一切顺利！”

“干！”

“王……王上……”

波塞冬王的一个近侍匆匆忙忙地跑了过来。“发生什么事了？大惊小怪的，成何体统！”波塞冬王不明白这个跟随他多年、一向稳重的近侍，为什么如此慌张。

“启禀王上，”那人喘了一口气说道，“长老羌克利和几位内阁大臣求见，外面都在传，他们……他们是来逼宫的！”

“大胆！”波塞冬王一拍桌子“噌”地站起身来，萨姆纳王在一旁眉头拧起。那近侍吓得直接跪倒在地，不敢说话了。波塞冬王思索片刻道：“叫他们进来，我倒要看看他们究竟想干什么！”

“是。”近侍答应一声，退了出去。

“王兄，羌克利那老家伙哪来的这么大胆子，竟然敢逼宫！”萨姆纳不解地问道。

“无妨，他翻不起多大的浪花！来，咱们接着喝！”波塞冬又举起了酒杯。

不一会儿，随着脚步声响起，长老羌克利当先，八位内阁大臣紧随其后，一起来到了凉亭前，齐声道：“臣等参见王上。”

“你们来有什么事吗？”波塞冬王看了看为首的羌克利，眼底闪过一道精光，随即面无表情地问道。

羌克利被这一眼看得心中一突，强压着内心的恐惧和不安，说道：“臣等来此是因为，有关乎亚特兰蒂斯全族存亡的大事要请求王上！”

“既然这么重要，那你就说说吧。”波塞冬王脸上古井无波，让人猜不透他在想些什么。

羌克利看了看身后站着的几人，道：“我与诸位内阁老臣都认为，您在处理维埃帝国的问题上存在错误！维埃帝国那可是完全3级文明的存在，而我们的文明等级至今也还没有达到3级，等级差距意味着什么，我想您应该很清楚吧。可是，您却带领阿尔法星盲目地加入了诺亚联盟，草率地下达了全族备战的命令，孤注一掷地对维埃帝国进行了宣战！您所做的这一切，会将全族180亿族人推向无底深渊！会使祖先们辛苦创立的基业毁于一旦！会让我们亚特兰蒂斯族亿万年的传承彻底消失！”

“你这是在指责我吗？”波塞冬王用低沉而又威严的声音问道。

“臣……臣不敢！”羌克利一哆嗦，但还是继续说道，“我只是传达内阁老臣们的意见，恳请王上以大局为重，首先退出诺亚联盟，然后停止一切与维埃帝国的敌对行动，择机派出使臣和维埃帝国进行和平谈判。只有这样，才有可能平息维埃帝国的怒火，保住亚特兰蒂斯一族的文明传承不被毁灭！”说完，羌克利扭头向身后的八人使了个眼色，那八人连同他一起跪了下来，齐声说道，“恳求王上以大局为重，即刻下令！”

“就是说，这是你们共同的意见了？可如果我不答应呢？”波塞冬王此时的话音有些颤抖，显然是在强压着心中的怒火。

话既然已经说到了这个地步，羌克利也顾不得其他了，牙一咬，心一横，站起身来说：“如果你一意孤行，内阁将会启动弹劾程序，推选出新的亚特兰蒂斯之王！”

“羌克利，你是越老越糊涂了吗？”

随着一声暴喝响起，从外面走来一人。这是个身材矮小、骨瘦嶙峋，头上戴了个破草帽，留着一撮山羊胡子的老头儿。这正是玛雅族的大巫蓐收。他的到来令在场的所有人一愣，自从亚特兰蒂斯和玛雅两族定居在阿尔法星后，蓐收就再也没有离开过他的那座祭坛，此时突然出现在这里，必然事出有因！

见到蓐收的到来，波塞冬王和萨姆纳王赶忙起身，走出凉亭，来到大巫面前躬身施礼，羌克利和他身后的八名内阁老臣也同样毕恭毕敬地向蓐收行礼。在整个阿尔法星，亚特兰蒂斯及玛雅两族中，除了几位不问世事的老人外，只有大巫蓐收是见证过当年亚特兰蒂斯及玛雅两族从地球迁徙到这里的人，并且一直守护着两族的存在，没有任何人敢对他不敬。

“之前的事情我已经知道了，”大巫的声音依旧那么洪亮，“羌克利，你难道真的是老糊涂了吗？维埃帝国的确强大，对于这场战争，我们的胜算也很渺茫，但是，城门失火殃及池鱼，皮之不存毛将焉附的道理你难道不懂吗？虽然战争对于我们两族人民的伤害将会非常巨大，可目前手中没有筹码的我们，如果与维埃帝国进行和谈，最好的结果也是沦为奴隶，永世不得翻身！保持传承很重要，但如果是没有尊严的传承，我们宁肯不要！”

大巫的话使那八位亚特兰蒂斯族的内阁老臣都低下了头，他们原本就是受羌克利的鼓动和诱惑，才跟着他到这里对波塞冬王逼宫的，大巫的出现让他们对羌克利的信心出现了动摇。羌克利却是眼珠乱转，不知道心中在想着什么。

“噔噔噔……”一阵急促的脚步声传来，王宫侍卫长跑到波塞冬王近前，单膝跪地，道：“启禀王上，王国第一舰队总指挥率领近千士兵携带武器包围了王城！我已命令王宫侍卫队严密防守，不惜一切代价阻止企图闯入之人。”他的话音刚落，“嗡……”的一阵颤音响起，整座王城忽然被一片散发着五彩条纹的光幕所笼罩。

侍卫长第一个反应过来，用传讯设备联络守卫在外的部下："发生什么事了？敌人开始进攻了吗？"

"报告长官，敌人没有进攻，我们像是被某种能量罩了起来，无法观察外面的情况！"

"不用慌张，这是我们玛雅族巫师军团施展的咒术防御，能够抵挡得住星际战舰的两次满负荷攻击。其实，波塞冬王对今天的事情早有预料，已经做好了准备。"大巫蓐收平静地说道。此刻，几名内阁老臣都七嘴八舌地议论了起来。

"第一舰队总指挥？那不是羌克利的儿子吗？"

"是啊，就是他！为什么要包围王宫？他哪里来的这么大胆子！"

"一定是羌克利这老家伙指使的！他这是想造反啊！"

"对，一定是他！那小子掌管第一舰队多年，手底下有一大批亲信，我早就觉得他们图谋不轨了！"

"羌克利，你口口声声说是为了保护我族世代传承，叫我们跟你来劝阻王上，现在这到底是怎么回事？！"

"王上，您明察秋毫，我们几个是让那老头儿给骗来的，可不是要跟他造反啊！"

"对对，他说打起仗来对大家都没有好处，搞不好全族都会被灭了！还说如果听他的，我们以后会得到更大的实权，掌握更多的资源！"

"那家伙还说，王上您要是独断专行，不听老臣们的意见，就另立明主，等那群好战者都打残了，整个银河系就是我们的了！"

"他还说……"

"好了，不要再说了！"波塞冬王剑眉倒竖，怒斥道，"一群见风使舵、只顾自己眼前利益的老糊涂！羌克利，我真没有想到，原来这叛国投敌之人，竟然会是你！”

“我……我……”羌克利那张原本就满是皱纹的脸，此时更像是个蔫了的茄子。

“侍卫长，先把他给我押下去，随后我会亲自审问！”波塞冬王威严地说。

第二十二章 另一部分

“主人，我们的一个棋子刚刚被吃掉了。”黑袍人毕恭毕敬地向维埃五世禀报。

“这种小事就不用跟我说了，你自己看着安排吧。”维埃五世挥了挥手，黑袍人倒退两步，消失在了阴影里。

在亚特兰蒂斯族王宫后花园的凉亭之中，波塞冬王、萨姆纳王和大巫蓐收三人围坐在一起，听取侍卫长的报告。“启禀王上，在王城禁卫军和玛雅巫师军团的合力围剿下，包围王城的叛军全部投降，为首者也已被擒获。”

“知道了，你先下去吧。”波塞冬王遣走了侍卫长后，向大巫蓐收拱手道，“这次还要多谢大巫的相助！”

蓐收还礼道：“大王客气了，我们两族世代同气连枝，这不过是举手之劳而已。”

萨姆纳王笑道：“哈哈，王兄，原来你早就知道羌克利那家伙的阴谋了，真是料事如神啊！只是害得我白替你担心一场！”

波塞冬王见危机已经解除，心情大好，微微一笑，说："哪里料事如神，事情其实是这样的……"

原来，就在不久前，维埃帝国的反抗组织与波塞冬取得了联系，为了得到信任，他们向波塞冬提供了一个从维埃政权截获的秘密情报。情报中显示，维埃政权通过威胁、收买、利诱等各种手段，在银河系几个高等级文明内部，安插了多名被称为"棋子"的叛徒，其中亚特兰蒂斯族中就有一个。但是，关于这些棋子到底是谁，情报里却没有具体说明。自从得到这个消息，波塞冬就暗自做好了准备，他先安排禁卫军以演习为名，潜伏在王城附近，而后又请求大巫蓐收派遣巫师军团随时准备支援。当做完这一切后，就静等棋子自动浮出水面了。

那羌克利虽然是亚特兰蒂斯一族的内阁长老，可他却不满足于自己所拥有的权力，但又苦于一直没有合适的机会。直到有一天，维埃帝国找到了他，许诺他会帮助他儿子坐上亚特兰蒂斯之王的宝座，并在占领银河系后，分出部分星系归他统治，羌克利在这样的诱惑下彻底投向了维埃帝国的怀抱，成了一颗"棋子"。这次的逼宫，正是维埃帝国策划的，其目的就是为了瓦解诺亚联盟。

"这么说，在咱们的联盟中，还有其他投靠维埃帝国的叛徒？要想办法快些把他们都揪出来才行啊！"萨姆纳着急地说。

"我已经秘密通知了联盟成员，但因为不知道叛徒的详细信息，我们也只能多加防备了。希望凯恩和陈择瑞他们此行能得到准确消息，拔掉隐藏在我们内部的毒瘤！"波塞冬深知，那些所谓的"棋子"，将会是这场战争中的一个巨大隐患！

阿尔法星亚特兰蒂斯族中发生的这一切，陈择瑞等人并不知晓。此刻，他们正乘坐那艘状若陨石的星际飞船，按照维埃帝国反抗组织提供的坐标，穿梭于黑洞空间之中。这是亚特兰蒂斯族目前最先进的星际飞船，由于对黑洞空间技术的研究有所突破，这次的黑洞之行，众人可以如平常一样自由活动，已经不需要像上次乘坐凯恩的三叉戟形飞船时那样，被包裹在生命维持系统之内了。

凯恩眉头紧锁，思考着在这次行动中可能会遇到的种种问题。卡鲁东瞧西看，似乎在研究这艘飞船的各种功能。陈择瑞则因为在之前的比试中展现出惊人实力，得到了众人的尊敬和认可，正与亚特兰蒂斯和玛雅两族那八人兴致勃勃地聊着天。

在维埃中央星的公主寝宫里，雨馨正独自坐在窗前发呆，猫头兔身的比克眯着眼，安静地趴在公主的脚边，像是在打盹儿。

忽然，比克那对尖尖的短耳抖动了几下，他睁开眼，唤了一声：“主人……”见她没有什么反应，又抬起一只前爪轻轻碰了碰雨馨的小腿说道，“主人，首领要求与您进行通话。”

“啊，”雨馨这才从纷乱的思绪中挣脱出来，小声说道，“小白，是妈妈要找我吗？”她虽然已经知道了比克的真实姓名，却依然喜欢叫他小白。

“是的，是您的母亲。”比克一边说着，一边用前爪在额头眉心处划开了一条缝隙。随着一道光幕投出，娜莎的虚拟投影出现了。

“妈妈！”还没等娜莎说话，雨馨便迫不及待地开口了，“妈妈，我们什么时候才能真正地见上一面？女儿已经不记得在您怀中的滋味了，多么希望您能再抱抱我啊！”

看着面前眼里充满泪花的女儿，娜莎强忍着心中的思念，说：“孩子，在目前的形势下，咱们暂时还不能相见，但我相信，离我们母女重逢的那一天已经不远了！”

“真的吗？您没有骗我吧？”雨馨睁大了眼睛，满是期盼的神情。

“当然是真的，我怎么会骗自己的女儿呢！”看到母亲那温柔而又坚定的目光，雨馨的心中充满了希望。

“我的孩子，妈妈有件事情需要你的帮助……”

娜莎所领导的反抗组织通过获取的各种情报分析发现，维埃五世对所辖区域内智慧生物进行心理暗示的“暗影计划”，其核心就隐藏在他独自掌控的“中央超弦内部网络”超脑终端里。娜莎想让雨馨公主带比克进入王宫大殿，依靠比克的特殊能力，释放出类似网络病毒程序的“影子分身”，进入设置在王宫大殿的“中央超弦内部网络”超脑终端，寻找破解的方法，从而解救被蒙蔽和愚弄的民众。因为这个程序只有近距离才能释放，但要进入大殿，又必须通过生物体扫描装置，所以，只有靠雨馨才能把比克带进去。

听到娜莎的计划，公主低头不语。在她心中，维埃五世是个好父亲，除了总是忙着处理政事外，对她可以说是百依百顺，疼爱有加。她怕父亲因此受到伤害，可又怕违背母亲的意愿而与母亲产生隔阂，一时间她陷入了两难之境。娜莎并没有催促，只是静静地看着雨馨，作为母亲，她能体会到女儿此刻矛盾的心情。思索了许久，雨馨抬起头，咬了一下嘴唇，像是下定了决心一样，说道：“我可以按照您的要求去做，但您也要答应我一个请求。”

“说吧孩子，只要是能做到的，妈妈都会答应！”

“无论最后的结果怎样，我只求您不要……不要伤害父亲的性命……”雨馨公主红着眼圈哽咽着说。她实在不愿看到父母反目成仇，更不希望任何一方受到伤害，但老一辈的恩怨她又怎么能解得开呢！女儿的话让娜莎犹豫了，她想起了当年父亲和哥哥的惨死，想到了自己曾经发下要为亲人报仇的誓言……她不想骗自己的女儿，不愿让她伤心，但要让比克进入王宫大殿又只能靠雨馨……

她也曾有一个爱她的父亲，一个疼她的哥哥，一个幸福美满的家，这一切都毁在了那个她曾经爱过的男人手中！其实，她建立反抗组织的目的，已经从最初单纯为了报仇，逐渐变成了要解救被愚弄被压迫的大众！

终于，娜莎还是清楚地意识到了作为反抗组织领导者的责任，她必须要促成这次行动，作为母亲，她也不愿欺骗自己的女儿，逝者已逝，有些事情终归是要放下……“好，妈妈答应你。”话音刚落，娜莎就切断了通讯，她需要一个人安静地想一想。

距离维埃中央星将近60万千米处，有一颗看起来十分荒凉的星球，它的直径和地球差不多大小，被称为“矿星”，是围绕维埃中央星旋转的四颗卫星之一。之所以称其为矿星，是因为中央星上所需的矿物原料都是由这里负责生产，并通过“空间隧道”输送过去的。

作为完全的3级文明，维埃帝国已经不需要依赖到处采掘来获得矿藏了。他们利用“弦”的震荡创造出各种基本粒子，通过改变粒子的形状、结构和排列顺序等，来制造出需要的各种原料。而且，无论是金属或非金属都能任意调整纯度，甚至合金物质也都无须熔炼就能直接生产出来！除此之外，这颗星球还有另外一个特殊的身份，那便是反抗组织总部的所在地！

正所谓“越危险的地方就越安全”，反抗组织也深谙其道。维埃五世无论如何也想不到，他最痛恨的反抗组织，竟然敢把总部设在自己的眼皮子底下！

“首领，已经按照您的命令，向指定坐标处发射了空间震荡波。”

“好，咱们的客人也差不多快到了，准备迎接吧。”娜莎收起繁杂的心绪，振作起了精神。她知道，作为一个领导者，还有更重要的任务在等待着她。

一颗个头不大、外形极普通的陨石，悄无声息地出现在了矿星附近，这正是陈择瑞和凯恩他们乘坐的星系飞船。由于亚特兰蒂斯族的黑洞空间技术有了新的突破，这艘飞船的突然出现，仅仅引起了一点轻微的空间震荡，并且，就连这些许震荡，也已经在反抗组织的协助下，瞬间被抵消掉了。

“啊，原来我是不完整的！”飞船刚刚脱离黑洞，陈择瑞的脑中突然跳出了这么一句。

“你干吗呀！”

脑袋里突然出现的声音，把他吓了一跳！见众人都用莫名其妙的目光看着他，陈择瑞一边尴尬地挠着头，一边暗道：“我说小金子啊，下次说话之前能不能先打个招呼？你看他们那眼神，都快把我当神经病了！”原来，发出那个声音的，正是很久没有动静，一直藏在陈择瑞耳朵眼里的诸神之杖。

对于陈择瑞的话，诸神之杖却是毫无反应，只是不停地念叨着：“我是不完整的？我是不完整的！原来我是不完整的……”

这些话其他人听不到，陈择瑞可是受不了了，赶紧借“尿遁”跑出了飞船的中央控制仓，来到一个无人的角落，从耳朵里掏出了如绣花针般大小的诸神之杖。

“喂，你这是怎么了？犯什么病了？我跟你说话呢，听见没有？”

无论陈择瑞说什么，回应他的始终都是那句“我是不完整的……”

诸神之杖那失魂落魄、如念经一般的声音，一点没有停下来的意思，无奈的陈择瑞左手捏着诸神之杖，右手拇指紧扣中指，铆足了劲儿，狠狠地弹了下去！

“叮”的一声，诸神之杖的碎碎念，终于随着这清脆的响声停了下来。要知道，他刚刚用尽力气弹出的这一指，就算是根碗口粗的铁棒也会折断的，而此时绣花针似的诸神之杖，却只是轻颤了两下。

“小金子，你到底是怎么啦？什么叫你是不完整的？”陈择瑞暗想，这家伙别是真疯了吧，让我上哪儿找大夫给根棍子看病啊！正在胡思乱想之际，“啊，究竟是怎么回事？”诸神之杖终于不再重复那句话了！“刚才一出黑洞，我就突然出现了一种从没有过的奇怪感觉，像是想起了什么，觉得自己的身体和记忆都是不完整的！同时，还好像有什么东西正在不远处呼唤着我！那感觉实在是难以形容，就像……像是我曾经被强行分成了两半，而现在的我是残缺的，只有和另一部分结合在一起，才是完整的！”

“分成两半？你的意思是，还有另外一根像你一样的棍子？在哪儿呢？”陈择瑞惊讶地问道。

“我也不知道，那个感觉很模糊，像是被什么东西阻隔着……”诸神之杖有些魂不守舍，就连陈择瑞又叫它“棍子”

都没有什么反应，接着道，“因为是来到这里我才有感觉的，所以，我的另一部分离此地应该不会太远，总之，不会超出咱们现在所在的星系范围。”

“不超出星系范围？我的老天！你知道咱们这是在哪儿吗？你知道这个星系有多少颗星球吗？这里单单恒星就差不多有一万亿颗啊！你该不会是要挨个找吧？”诸神之杖的话听得陈择瑞头都大了。

“倒也不必挨个去找，我感觉到失去的那部分，像是正被某种东西阻隔着，只要这个阻隔一消失，或者我们的距离再近一些，就一定能够确定具体位置！”

“那就到时候再说吧，总而言之，你可别再像刚才那样了，我差点以为你精神分裂了呢！”

“不会了，刚才只是因为那从没有过的感觉来得太突然……对了，您刚才好像又管我叫棍子了吧？咱们之前不是说好，您不再叫我棍子了嘛！身为主人，您不可以这样出尔反尔啊！我一心一意地对您，您却这样不尊重我，实在是让我太伤心了！我的命怎么那么苦呀！为什么让我遇到这么个说话不算数的主人啊！人家本来生活得自由自在、无忧无虑，一时糊涂认了这么个主人，整天跟着到处跑不说，还平时对人爱答不理，有事……”

“打住！打住！我错了！是我错了！拜托别再说了！我发誓，从今往后，再也不叫您老棍子了，这总行了吧！”

听到诸神之杖用那幽怨的声音，使出“唠叨神功”，又开始了唐僧式的絮絮叨叨，陈择瑞顿时觉得头大如斗，如同被人念了紧箍咒一般。他真的很怀疑，这根棍子的唠叨，才是当年那只猴子强行解除契约，舍弃了如意金箍棒的真正原因！

第二十三章 3级文明中的传说

连发誓带保证，磨破嘴皮地说了一大堆好话，总算安抚好了闹情绪的诸神之杖，陈择瑞这才回到了飞船的中央控制仓。

众人依然都在这里，飞船正缓缓地接近一颗看起来十分荒凉的星球。凯恩告诉他们，前方的那颗星球叫作“矿星”，是维埃帝国反抗组织的总部所在地，也是他们此行的第一站。随着距离不断地拉进，可以看到那星球上的确是一片荒芜，没有水源，也没有动物和植物，更没有任何建筑物或是人类活动的迹象，只有成片的荒漠和大大小小的陨石坑。

“不会是走错地方了吧？这里怎么看也不像是什么组织的基地呀！”卡鲁问道。

“应该不会，在我们出发之前，就已经得到了反抗组织提供的空间坐标，的确就是这里！”凯恩心中也有些不解。

“那什么反抗组织不会是在耍我们吧？这鸟不拉屎的地方，啥都没有啊！”卡鲁还是有些不信，他让凯恩再确定一下空间位置，或是想办法与对方取得联系。第一次来到这种由高等级文明控制，而且还是敌对关系的陌生星系，除了陈择瑞，其他人都十分紧张。而此时的陈择瑞，心中却一直在思索刚刚诸神之杖所说的那番话。

“根据坐标显示，空间位置没有错。按照约定，为了防止被敌人发现，在脱离黑洞空间后，飞船就必须保持静默状态，当我们到达指定的位置后，便会有人来引导，咱们再等等吧。”

凯恩的话音刚落，飞船的智脑突然发出了尖锐警报：“请注意，请注意，飞船遭受不明攻击，智脑系统已被入侵，控制权正在被剥夺……防御系统已失效……武器系统无法运行……自毁系统无法启动……动力系统失去控制权……通信系统失去控制权……智脑即将被强制关闭……”

一连串急促的警报，使得众人大惊失色，那个库克更是一屁股坐在地上，带着哭腔说：“怎么回事？怎么回事？这不可能呀！飞船可是我参与设计的，这里配备了最新型的智脑系统，如果遭到攻击，能在瞬间主动切断攻击源！预警系统也不可能在受到攻击前毫无反应！防御系统更不至于如此脆弱！如果想转移控制权，必须通过数道程序，经过数个步骤，并且要手动确认才能完成啊！这……这……”

他们都不清楚这毫无预兆的攻击来自何处，只知道已经完全失去了对飞船的控制权，就连自爆都已经不可能了！智脑系统被强制关闭的同时，警报声也停止了，失去动力的飞船，静静地飘浮在这异域的虚空之中……

突然，飞船内那些原本都已熄灭了的指示灯，又全部亮了起来！中央控制仓里，毫无征兆地出现了一个虚拟投影。那是个身材高挑、样貌美丽的中年女人，微微卷曲着的褐色长发在脑后盘成发髻，明亮的双眸中透出果敢、坚毅的目光，她有着高挺的鼻子、薄薄的嘴唇，举手投足间无不显示着精明和干练。

“诸位远道而来的朋友，一路辛苦了！我是反抗组织的首领娜莎，为了安全起见，我们暂时接管了这艘飞船的控制权，希望各位能够谅解！”听到投影中传来的讯息，众人稍微松了口气，同时也感受到了3级文明的强大！虽然无法确定信息的真实性，但是飞船既然已经被人家完全控制，也就只好听天由命了。

“接下来，我们会控制飞船进入总部基地，请各位少安毋躁，咱们一会儿见。”话音刚落，那虚拟投影便消失了。随即，飞船开始移动，向着前方不远处的那颗星球缓缓驶去。

“这叫什么事啊！一声不吭就控制我们的飞船，还说让我们谅解！看把库克吓得，都快尿裤子了！这口气你们也咽得下去！”卡鲁气哼哼地说着，还不忘调侃了库克一句。

“你别瞎说，谁尿裤子了！可是我们最先进的飞船，耗费了大量人力物力才造出了这么一艘，我是担心他们把飞船给弄坏了！”听到卡鲁的话，库克一骨碌爬起来，跳着脚地嚷嚷起来。

“他们这是想先来个下马威啊，的确是太过分了！”玛雅族四人中的贪狼也是愤愤不平。

“王子殿下，咱们是代表银河系来与他们进行接触的，可不能让他们小瞧了咱们啊！”阿瑞斯一向心高气傲，之前在和陈择瑞的比试中受挫，现在飞船又被人家控制，心中着实是憋着一口气。

凯恩道：“下马威可能只是一方面，或许还有其他的原因。毕竟他们已经完全达到了3级文明，至少在科技方面，比我们要高出许多。无论如何，飞船既然已经被人家控制，我们也只能随机应变了。但我相信，只要大家齐心协力，就一定能够战胜所有的困难！”

凯恩他们乘坐的飞船，已经进入了矿星引力范围。这艘形似陨石的飞船，此时也正像一颗真正的陨石那样，在星球引力的作用下加速向地面冲去。由于矿星表面不存在大气层，因此，飞船在下落的过程中并没有因为摩擦而出现太大的动静。被反抗组织控制着的飞船在接近地面时没有任何减速，就这么狠狠地砸在了这颗星球上！

“轰隆隆……”巨响过后，一个直径50多米的新陨石坑就在矿星表面形成了。幸亏飞船内部使用的都是极柔软的缓冲材料，除了脑袋有些发蒙，倒是没有人因此而受伤。而处于大坑中间的飞船竟忽然开始慢慢下沉。那地面明明十分坚硬，但与船身接触的部分，却像是块牛油遇到了烧红的刀子。当大坑周围被砸起的尘土散去，地面再次恢复平静时，那艘状若陨石的飞船已经不见了踪影，只是在矿星表面留下了一个像普通陨石坑一样的痕迹。

飞船仍在不断地往下陷，一百米、两百米……一千米、两千米……一万米、两万米……五万米……一阵轻微的震动后，飞船终于在一个近百米高、足球场般大小，就像地下溶洞似的地方停了下来，此处已距离地面足足十万米！

“阿尔法星的朋友们，请出来吧。”反抗组织的首领娜莎出现在飞船的外面，两名面无表情的中年男人跟在她的身后。凯恩、卡鲁、陈择瑞、阿瑞斯、盖亚、赫尔墨斯、库克、破军、贪狼、白虎和玄武，十一人都走出了飞船。因为眼前这个女人和之前投影中的一模一样，所以大家都已经知道了她的身份。

见众人下了飞船，娜莎上前一步，道："我代表反抗组织全体成员欢迎各位的到来！我们已经解除了对飞船的控制，并再次对接管飞船控制权一事表示深深的歉意！"

听闻此言，凯恩连忙将飞船缩小，收进了他的自有空间，而后说道："尊敬的娜莎阁下，我们是代表银河系及诺亚联盟来此地与贵组织进行沟通的，为了今后双方能够更好地开展合作，希望您能对此次强行接管飞船控制权的做法，给出一个合理的解释。"

"您就是亚特兰蒂斯族的王子殿下吧，对于这件事，我们的确有不得已的苦衷。为了让诸位了解其中的缘由，为了双方今后的合作能够更加顺畅，同时也是为了表示我们的诚意，稍后会给各位进行一次'超弦信息共享'。请大家跟我来吧，咱们边走边说。"娜莎带领众人朝前方走去。

"通过这次共享，首先能让你们熟悉维埃帝国通用语，了解整个帝国的历史、现状以及风俗习惯；其次，还能学习到3级文明生物所拥有的知识体系和科学技术，熟练使用这里的各种仪器设备；最后，各位还会得到我们组织搜集的一些诺亚联盟急需掌握的重要情报。"听到娜莎的解释他们才知道，所谓的"共享"，就像塔里亚星的传承一样，是能够让人瞬间掌握大量知识和信息的方法。

众人来到一处岩壁前，也不见娜莎有什么动作，那石壁上一处五米高、两米宽的部分，渐渐变成了半透明状，并且还不断荡漾着七彩的涟漪。只见娜莎迈步向前，整个人就这么径直走了进去，或者说是融入了岩壁之中！在她完全进入之前，还回过头，微笑着向凯恩等人招了招手，意思是让他们也跟上。

"盖亚，她这招可跟你有一拼啊！"卡鲁看到眼前的情形，对盖亚说道。

“嘿嘿，这个可和我的不一样。”大胖子盖亚眯着他那本就不大的眼睛，仔细端详着那面岩壁。

“不入虎穴焉得虎子，有什么大不了的，我先进！”陈择瑞毫不畏惧，纵身向前撞了过去。

刚一接触到那七彩涟漪，陈择瑞也像娜莎一样，没有任何声息地消失了。凯恩和卡鲁因为担心陈择瑞的安危，也赶忙跟了过去。阿瑞斯、贪狼等八人紧随其后，同样进入了那片涟漪之中。当那两个面无表情的中年男人进去后，波纹消失，岩壁也恢复如初，就像什么也没有发生过一样。

进入其中，眼前出现的又是另一番景象。青山绿水、鸟语花香，几个小孩子正在草地上和几头不知名的小兽嬉戏玩耍，天空中甚至还高高地悬挂着两个“太阳”，这简直就是一处世外桃源！此情此景，让人无法相信正身处一颗荒凉星球十万米深的地下！

娜莎微微一笑，说：“各位不必惊讶，先请坐下，我们马上开始进行‘超弦信息共享’，等完成后，大家心中的疑问自然会解开的。”说罢，娜莎先盘膝坐在草地上，又示意众人以她为中心围坐成一圈。

“稍后，超弦网络会以我为介质，向各位传输共享信息。”娜莎的话音刚落，陈择瑞就感到脑中不知不觉地涌入了海量的信息，之前的疑问也都有了明确答案。这个过程极其短暂，连身体最弱的库克也没有任何不适。为了让众人能够尽快理清思路，消化刚刚得到的信息，娜莎并没有说话，只是微笑着坐在那里，耐心等待着。

高等级文明的科学知识仿佛打开了一扇崭新的大门，无数

颠覆认知的全新理论正在不断地冲击着他们的心灵！3级文明对微观物理学的研究几乎达到了极致，尤其是在“弦”的运用上。他们通过控制弦的震动，能够制造出全新的粒子，再用改变粒子的体积和排列等方式，产生所需要的任何物质。更可怕的是，他们现在已经可以直接创造出弦！

在宏观物理学的研究方面，关于宇宙万物的定律，时间和空间的概念，3级文明都有独到的观点和全新的认知，他们的结论随便拿出一条，就足以把低等级文明无数年研究的成果全部推翻！例如“时间悖论”，他们的观点不同于地球人猜测但无法解答的问题，即“一个人乘时光机回到过去，杀死自己的祖父，他是否还会存在？”他们认为，时间根本不存在，时间等于参照物变化，时间其实只是变化的代名词，是相对于参照物的变化来说的。参照物反向变化，就是时间倒流，等于回到过去；参照物加速变化，就是时间加速，等于前往未来；参照物没有变化，也就没有了时间，等于时间静止。

科技文明的发展使人们能够站得更高，看得更远，但正所谓人外有人，天外有天，在2级文明生物眼中，科技高度发达、神秘莫测的3级文明，同样也有着他们自己的传说……

第二十四章 宝盒

宇宙中所有的智慧生物，无论等级高低，总是在不知疲倦地寻找答案，寻找一切问题的答案。他们不断地刨根问底，不停地探本溯源，认为这样才是发展的基础，只有这样才能掌控一切，才能凌驾于一切之上，才能成为“神”！但事实真的是如此吗？

拥有3级文明的维埃帝国，即使他们在普通2级文明生物眼中已经是不可战胜的存在了，却仍在殚精竭虑地寻求突破，期望迈入更高的文明等级。可3级文明之上又是什么呢？是否有4级文明的存在？极其先进的黑洞空间技术，早已能够使他们瞬间到达宇宙中的任意地点，在已知空间内，他们已经是文明等级最高的存在了！会有平行空间吗？那只是一种猜测，无法证实。

其实，当维埃帝国统一了拥有一万亿颗恒星的仙女座大星云，达到3级文明后，已经不知多久没有任何的突破了！难道是科技发展进入了瓶颈期？并不是那样！在微观物理学研究中取得的成果，使得他们早已没有任何资源匮乏的问题了，所有领域的研究都在不停发展，技术也在不断进步，如何能够达到更高的文明等级，成了摆在他们面前唯一的难题！文明等级长久停滞不前，无法突破，最后，他们悲哀地发现，不只是没有更高等级的存在，整个宇宙中竟然连一个能与之匹敌的对手都没有了。

没有目标，没有希望，没有竞争对手，也就没有了发展的动力！这残酷的事实让整个维埃帝国陷入了绝望之中，上至王公大臣，下至平民百姓，所有人都已无心进行探索和研究。科技的极度发展，使得一切生产绝对自动化，人类不需要做任何工作，而且寿命都极其漫长，几乎每个人每天都在醉生梦死中度过。又经过了无数岁月，直到维埃五世登基后，这种情况却突然发生了变化！

那时，维埃四世莫名暴毙，除了新皇后娜莎的父亲外，整个帝国没有人关心他死亡的真正原因，人们依然沉浸在醉生梦死之中。维埃五世刚刚登基不久，便向整个帝国控制区颁布了包括《皇权至上法》《效忠帝国法》《道德规范法》《星球管理法》《公共秩序法》《全民娱乐法》《新生儿高等思想及行为规范教育法》等一系列的法令，旨在运用法律手段，通过记忆传承、知识灌输和各种心理暗示，对维埃帝国内所有智慧生物进行控制。

这让一些意志坚定，未被心理暗示所控制，自称为“清醒者”的人彻底愤怒了！他们成立了反抗组织，想尽一切办法唤醒民众，呼吁共同反抗邪恶的维埃五世。怎奈帝国疆域广阔，人口众多，经过长期的心理暗示，人们的思想也早已麻痹，而且反抗组织人手有限，推翻邪恶统治的日子遥遥无期……

与此同时，维埃五世还向宇宙各处派遣了大批无人驾驶的探索飞船。人们都认为维埃五世是在寻找更高等级的文明，其实，他真正要寻找的是一个传说中的东西。

那是一个在宇宙无数文明中广为流传的神秘传说：在宇宙的某个角落，存在着一个能解开宇宙终极奥秘的“诸神之杖”，只要得到它，就可以无限突破自身的文明等级，成为更高级的生命形态，直至破除当前宇宙的限制，到达更加广阔的天地！这个传说由来已久，曾有无数的智慧生物去寻找诸神之杖，但都无果而终，最后的结论是，这只是个无稽之谈。

维埃五世对银河系进行的威胁和攻击行动，据反抗组织推测，正是为了寻找传说中的诸神之杖，而且很有可能掌握了确切的线索，甚至可能已经发现了解开宇宙终极奥秘的具体方法！

维埃帝国作战部副统帅格瓦斯，正在向维埃五世做例行汇报：“据银河系前线传来的消息，那个所谓的诺亚联盟纠集了一群异能者，正在制造大批武器和战舰，妄图对抗帝国军队。作战部召开了紧急会议，商讨的结论是，为了避免帝国仿生人军队和战舰受到损伤，建议马上发起进攻，仅需发射一次覆盖性的远程夸克震荡，我们的前线军队就可以一举摧毁所有抵抗力量！”

“哼，我做什么难道还需要你们来教吗？多事！”维埃五世一声冷哼，吓得格瓦斯打了个激灵，低着头不敢再出声了。

“你那个作战部的人都太累了，给他们放个假吧。”

“是！您对我们实在是太体贴了！”格瓦斯如蒙大赦，赶忙告退。

说实话，每次见到维埃五世，格瓦斯都觉得自己像是脑袋拴在裤腰带上，说不定什么时候就会莫名其妙地掉下来。

“看来这些低等级文明很认真嘛，有意思！难不成他们认为多造些战舰就能有机会扭转局面？对于我来说，这不过是场游戏罢了。”维埃五世喃喃自语着。

这时，那个黑袍人又出现了。

“陛下，刚刚收到一号棋子——您的义子传回的消息，诸神之杖和它的掌控者应该已经进入我们帝国范围了。”

“消息准确吗？”

“是的陛下，就在不久前，我们探测到距离中央星不远的地方，曾出现过短暂的空间震荡，因为被人为的干扰抵消了，所以未能追踪到具体方位。通过数据分析，这次震荡形成的原因正是人造黑洞空间，而银河系近期在黑洞空间技术方面恰巧又有了重大的突破，这一切不会只是个巧合。”

“哦，很好！我记得，发现诸神之杖和掌控者出现在银河系的消息，也是他第一个传回来的吧？”

“是这样的，陛下。”

“嗯，让他好好干，只要我得到了诸神之杖，就会册封他成为我的继任者！”维埃五世脸上难得地露出了一丝笑意。

黑袍人离开后，心情大好的维埃五世起身转到了宝座后面，他先伸出双手，掌心向前，轻轻地在椅背上按了一下，而后又伸着脖子，把脸凑了过去，当他的脸接触到那看似坚硬的椅背时，居然慢慢地“镶”进去了！对，的确是整张脸都“镶”进去了，直到椅背把他的头完全包裹住！稍稍停顿了一下后，维埃五世这才缩回了脑袋。接下来的情景，如果陈择瑞他们看见，一定会觉得熟悉，原本雕刻着各种精美图案的椅背忽然模糊起来，渐渐的，仿佛荡起了层层涟漪，竟然和之前矿星地下溶洞岩壁上出现的一幕如此相像！维埃五世双目放光，脸上露出的尽是贪婪之色，毫不犹豫地一头钻了进去……

“莱克、维娜，你们此次在阿尔法星的收获甚大，亚特兰蒂斯族的先进技术一定会使我们的科技发展更进一步！马上把获取的资料送达传承学院，黑洞空间技术也要尽快运用到所有战舰上。战争随时都会全面爆发，留给我们的时间已经不多了！”在塔里亚星长老院，黄老的神情中看不出一丝得到先进技术后的喜悦。

“我们现在就去！”维娜和莱克向长老们行礼后，就急匆匆地赶往传承学院。

“波塞冬王既然已经知道陈择瑞是诸神之杖的掌控者了，为什么还要安排他去维埃帝国呢？难道说他们已经向敌人妥协了？”蓝婆婆皱着眉说。

“应该不会。”白刃那张娃娃脸上也是一副严肃的表情，他犹豫了一下，接着说道，“我得到的消息是，这次和他同行的还有凯恩王子，波塞冬总不会让自己唯一的儿子去送死吧！”

“那可不一定！”紫魅把嘴一撇，“男人就是铁石心肠，贪生怕死的也不计其数！也许他是为了保住手中的权力和自己的老命，特意把儿子送过去当人质的！”

此话一出，在座的黄老、红忠和白刃三人脸色变了几变，可又不好说什么。

见此情形，紫魅像是反应了过来，连忙道：“看我干吗？我又没说你们！”

白刃闻言小声嘀咕着：“不解释还好，越解释越乱，照这么说，合着我们仨都不是男人了？”

黄老只是苦笑一下，无奈地摇了摇头。脾气火爆的红忠浓眉倒竖，站起身来说：“好啦！不管怎样，那波塞冬要是真敢投降，我一定亲自去灭了他！”

“诸位听我一言，”黄老道，“与其在这里东猜西想，不如去加紧进行战备工作。为了文明的传承，为了银河系的将来，我们无论如何也不能放弃啊！”

随后，五人离开长老院，一同投入到了战前准备工作中。

当维埃五世宝座后面的椅背上浮现出涟漪之时，已经完成信息共享、正在反抗组织安排的单人房间休息的陈择瑞，右耳突然感到一阵刺痛，紧接着，一个声音传来：“找到啦！找到啦！终于被我找到啦！”

“好痛！”陈择瑞伸手在耳朵里一掏，顺势把诸神之杖往地上一甩，骂道，“要死啊？你这家伙又在发什么神经！”

原来，藏在耳朵眼里的诸神之杖莫名其妙地翻了个跟头！自从身体被改造以后，陈择瑞已经很少有痛的感觉了，这突如其来的一下，让他痛觉神经的反应格外强烈。被甩到地上的诸神之杖根本没理会他，依然不停地蹦跳着、翻滚着，活像一根正在跳舞的小火柴！

好险！幸亏及时掏出来了，这要是在耳朵里，还不得把我给玩死啊！陈择瑞心中后怕不已。

“小金子……小……金……子……”

任凭陈择瑞怎么叫，就是得不到一句回应。即使这样，他都忍住了没喊一声“棍子”，因为实在是怕极了诸神之杖的“唠叨神功”！他蹲下来，好奇地看着依然翻着跟头的诸神之杖，还伸出一根手指戳了戳，仰天长叹道：“自从到了维埃帝国，这玩意儿就跟得了间歇性精神分裂似的，要么一声不吭，要么就发神经，唉，我也太难了！”

折腾了半天，诸神之杖终于停了下来，但几秒之后就又从地上一弹而起，围着他上下翻飞，极兴奋地说道：“您要帮我！这次一定要帮我！无论如何都要帮我！”

“停停停！眼睛都快被你给转花了！到底是怎么回事，你总得先跟我说清楚啊！”陈择瑞真是服了这一惊一乍的诸神之杖了，实在是对它一点办法也没有。

“哦，是我太兴奋了，没跟您说清楚。就在刚才，我终于感应到了我的另一部分所处的方位，就在距离这里大约60万千米的一颗行星上！只要找回了另一部分，我的记忆就能全部恢复，能力应该也会得到更大的提升！您可一定要帮我找回失去的部分啊！”诸神之杖的声音都有些发颤了。

“小金子，你的心情我可以理解，要怎样做才能帮到你呢？”感受到诸神之杖那急迫的心情，陈择瑞有些不忍地问道。

“根据刚刚通过共享得到的星系资料，我已确定另一部分就在维埃中央星，只要您能带我到达那颗星球，只要能让我和另一部分的距离达到一百米之内，我就有办法把它召唤出来！”

钻进宝座椅背中的维埃五世，此刻正用双手小心翼翼地捧着一个黑乎乎正在不断颤动着的东西。这是一个表面布满繁复花纹、色泽黝黑的正方体，就像是个生铁盒子，却没有盖，只是在其一面的中央有个拇指般粗细的凹槽。轻抚着手中那黑漆漆的正方体，维埃五世仿佛是捧着爱人的脸庞，以一种异常温柔的声音喃喃自语道："宝盒啊宝盒，你也感觉到了是吗？诸神之杖已经到来，一切都已安排妥当，宇宙的终极奥秘必定会由我来解开！我，将会是宇宙之主！"

第二十五章 闯王宫

“首领，比克的影子分身已成功进入维埃五世控制的‘中央超弦内部网络’超脑终端，但因其查杀系统十分厉害，目前只能传递信息，无法进行其他行动。”

听到下属的报告，娜莎秀眉紧皱：“知道了，让他继续搜集信息，等待下一步的指令。”

“我有事要和你们商量……”下定决心要帮助诸神之杖的陈择瑞，找到了凯恩和卡鲁，向他们讲述了诸神之杖的来历，以及过往的种种。

“事情就是这样的，我想先去维埃中央星一趟，让诸神之杖完成心愿，再来与你们汇合。”

听了陈择瑞的话，卡鲁把眼一瞪，说：“你小子说的这是什么话？你还把我们当哥哥嘛！你难道认为我们是贪生怕死之辈不成！”

凯恩面色一沉，也道：“卡鲁说得不错，咱们兄弟一场，你就这么小瞧两个哥哥吗？有福同享有难同当的誓言难道你已经忘记了？”

陈择瑞连忙拉住凯恩和卡鲁的手，解释道：“千万不要这么说，我真的不是那个意思！进入维埃中央星的确十分凶险，但我只需悄悄潜入，找到小金子的另一部分后立刻回来，独自前往目标小，反而更安全！更何况，两位哥哥担负着诺亚联盟的重要使命，不能为了这点小事给耽误了！”

卡鲁一边摇头一边连声说道：“不行，不行，不管怎么说，也不能让你自己去！”

凯恩道：“联盟的使命固然重要，但是你独自前往，我们也放心不下。听我的，咱们一起去，互相也能有个照应，况且在那维埃中央星上，说不定会有更大的收获呢！”

陈择瑞沉吟片刻，道：“好，就这么办！”

于是，凯恩、卡鲁和陈择瑞以及贪狼、阿瑞斯等八人，在反抗组织首领娜莎的安排下，秘密潜入了维埃中央星。因为临行前反抗组织给他们植入了维埃帝国用于辨识身份的“生物识别芯片”，所以潜入中央星的过程十分顺利。凯恩先安排阿瑞斯、贪狼等八人分散到中央星各处进一步搜集情报，然后便与卡鲁、陈择瑞通过诸神之杖的感应，去寻找那失去的另一部分。

平均直径大约 15 万千米的维埃中央星，是统治整个仙女座大星云的维埃政权所在地，这里地域广阔，人口众多，来自不同文明和种族的各种智慧生物汇聚于此。因维埃五世施行了暗影计划，统治区域内的智慧生物绝大部分都已成功被心理暗示控制。这中央星的情况尤其严重，到处都是维埃政权盲目的拥护者。那些极少数没被心理暗示控制的清醒者们，则每天都小心翼翼，谨言慎行。

初到这里的陈择瑞几人，所见所闻是一派歌舞升平、安居乐业的繁荣景象。各种娱乐场所数不胜数，无数奇思妙想的娱乐项目花样百出，众多俊男美女的明星投影随处可见！人们不需要做任何工作，整天就是吃喝玩乐。如果没有得到反抗组织的共享信息，如果不知道银河系遭受到的威胁和攻击，他们都要被眼前的这一切蒙蔽了！

自从踏上中央星，诸神之杖的那种感觉就更强烈了，一直在给陈择瑞指点着方向。凯恩、卡鲁和陈择瑞扮成三个游手好闲、到处吃喝玩乐的普通人，按照诸神之杖的指引，来到了维埃帝国的王城“中央城”。

“咦，那个方向不是通往维埃王宫的吗？你那个诸神之杖没搞错吧？”看着不远处那赤红色的建筑，卡鲁问道。

“根据反抗组织的资料，前面正是维埃帝国的王宫，咱们找的东西如果就在那里的话，要好好商量一下对策才行。”凯恩一向谨慎，无论做什么事都会先考虑周全。

陈择瑞再次和诸神之杖沟通后道：“小金子说，要找的东西的确是在前面的那片建筑群中，现在离得还是太远，没办法召唤，看来只有进去才行了。”

于是，三人走到一个无人的角落，开始商量进入王宫的办法。

作为帝国的王宫，又是维埃五世的居所，守卫极其森严，未经允许几乎不可能进入，但陈择瑞想出了一个主意。借助诸神之杖赋予的变化之法，他打算化作一种微型飞虫，独自潜入王宫，让凯恩和卡鲁在外面接应，等得手后，三人便快速离开这里返回矿星。对陈择瑞提出的方法，卡鲁很是不情愿，估计只有在王宫里大闹一场才符合他的心意。凯恩也很无奈，却又没有更好的方法，只能一再叮嘱陈择瑞要量力而行，如果发现事不可为，必须马上撤离。

商议已定，他们立刻开始了行动。凯恩和卡鲁分开，装作互不相识的两个闲逛的游人，尽可能地靠近王宫。陈择瑞则变成了一只指甲盖大小的飞虫，拍打着透明的翅膀，东飘西荡地向王宫飞去。就在陈择瑞变化的这只飞虫悄无声息地飞到王宫外设立的警戒线时，异变突起！

“警报，警报，发现未经授权的不明闯入者……”

伴随着刺耳的警报声，一束超高温的光束从王宫建筑群最顶端射出，精确地击中了陈择瑞变成的小虫！

不远处的卡鲁顿时大惊失色，就要冲过去救人。

“别冲动！”凯恩见状连忙传讯阻止道，“卡鲁，你先冷静下来！他是诸神之杖的掌控者，一定不会有事！你这样贸然过去，反而会暴露身份！”

卡鲁急道：“难道咱们就这么眼睁睁地看着而不救他？”

“谁说不救了？”凯恩怒道，“你以为我不着急吗？别忘了，这里可是维埃帝国的王宫，像你那样直接冲过去，非但救不了人，反而会把自己也搭进去！”

正说到这里，只见王宫内走出一人，他先四处看了一下，随即望向了趴在地上一动不动，被超高温光束烧得黑乎乎，还冒着青烟的小飞虫，自言自语道：“咦，这是个什么物种？居然没有被烧成灰烬！唉，算你倒霉，去哪里不好，偏偏要跑到这儿来送死！”说罢，一脚朝那只像是已经被烧的碳化了的小飞虫踢去，而后看也不看地转身进了王宫。

再来说陈择瑞，当警报响起的那一刻，变成小飞虫的他，就知道自己已经被发现了，随即便感到全身一阵灼热，就连他那经过诸神之杖改造而异常强悍的身体都差点吃不消了。好在那束恐怖的光束持续时间极短，虽然把他烧得全身乌黑，但他没有受到实质性的伤害，仅仅是有些头晕眼花而已。为了防止被发现，一直等到被那人踢出去后，他才小心翼翼地挪动着身体，悄悄地向外爬去。

这些动作虽然没有被其他人发现，却被凯恩和卡鲁看在眼里。

“在这里等我！”对卡鲁嘱咐了一声，凯恩像街道上常见的那些闲逛的人一样，溜达着靠近了那只黑乎乎的小飞虫。当凯恩接近的一瞬间，那只小虫突然悄无声息地弹起，挂在了他的裤脚上。

“快走！”凯恩叫上卡鲁，迅速离去。

维埃五世此刻正独自坐在皇帝宝座上沉思。“陛下，”面目模糊的虚拟投影又出现了，依然用那充满磁性的声音说道，“警戒系统刚刚监测到有未经授权的生物企图闯入王宫。我已发出指令，使用超密度液态锇全面封城，禁止一切物体进出王城，同时对城内所有生物开始身份扫描。”

“是你吗？我的诸神之杖，你也感应到宝盒的存在了吗？你一定也想尽快恢复完整吧？只要宝盒在我手里，就不相信你不来！哈哈！哈哈哈！”维埃五世的狂笑声回荡在王宫大殿之中。

那虚拟投影正是维埃帝国“中央超弦内部网络”的超脑系统，无论是民生社稷还是军事行动，整个维埃帝国的一切运转全部都要通过这个系统来完成，而系统的操控权只掌握在维埃五世一人手中！自从推测出诸神之杖可能已经到来，维埃五世便命令超脑系统进行严密监控，不惜一切代价进行搜寻。陈择瑞企图潜入王宫的行动，引起了超脑系统的注意，启动了王城封锁程序。

此时的陈择瑞已经变回了人形，但他赤身裸体不着寸缕，浑身上下乌黑一片，头发乱糟糟地卷曲着，嘴巴里、鼻孔里、耳朵眼里，时不时还冒出一阵阵青烟，整个一副刚遭了雷劈的模样。

“噗……那个！咳咳！你……你感觉怎么样？没受伤吧？”瞧着陈择瑞这个模样，卡鲁实在是想笑，又觉得不合时宜，只能硬憋着问道。

看了看自己黑乎乎的身体，陈择瑞心中暗想，要不是小金子的改造，恐怕我现在已经……他挠了挠乱蓬蓬的头发，尴尬地说：“我没事，这次真是糗大了，没想到那个光这么厉害！你们想笑就笑吧，别憋着啦。”

凯恩先是瞪了卡鲁一眼，然后说道：“只要人没事就好！先找地方帮你清洗一下，换件衣服吧，咱们必须尽快离开这里！”

在一处四下无人的水源旁，清洗干净的陈择瑞从他的自有空间里取出衣服换上后，三人继续向城外赶去。

“那是什么？咱们来的时候没见过这东西啊！”卡鲁指着前方不远处一大片在不断蠕动的灰蓝色物体说。

凯恩道：“按照坐标，现在应该已经到达中央城边缘地带了，来的时候的确没有这些东西，先过去看看再说。”

“叮”，一声轻响，通讯装置中传来了反抗组织首领娜莎的讯息：“各位，我们发现中央城启动了封城程序，使用超密度液态锇笼罩了整个城市，阻止一切物体进出。这是一种密度非常高的液态金属元素，且有剧毒和极强的腐蚀性，现在正设法营救你们，请保持镇定！”

“我们该怎么办？”卡鲁向凯恩问道。

“液态锇……”凯恩若有所思。

“要不我去试试？”经过了刚才的教训，陈择瑞也不敢太莽撞，征求起了凯恩的意见。

“我应该可以出去，只是你们两个……”凯恩有些发愁地说道。

“对啊！那是液体，凭凯恩的穿梭能力一定没问题！那你就先走，出去后再想办法救我们！”卡鲁兴奋地说。

穿梭一切液态物质，正是凯恩拥有的特殊能力之一，但缺点是无法带着别人一起进行。

“我倒是有个办法，你们看这样行不行……”

凯恩和卡鲁听陈择瑞说完，连连点头，三人商议好后，又联络了娜莎安排接应，就立即开始了行动。

陈择瑞先是口中念念有词，而后伸手冲卡鲁一指，只见卡鲁的身体忽然扭曲了起来，并且在不断缩小，一眨眼，原本身材高大的卡鲁竟然变成了蚂蚁般大小！陈择瑞把身子一晃，化作了一只绿头苍蝇，伸出两只前腿，抱起了变小的卡鲁，飞到凯恩的嘴边。

凯恩见状也不犹豫，把嘴一张，任由陈择瑞变成的苍蝇飞了进去。同时，凯恩的身体也发生了变化，两条腿像在互相吞噬一样，渐渐地融合了起来，慢慢地形成了布满蓝色鳞片的鱼尾巴。凯恩后背的衣服裂开一道大口，里面竟然钻出来一条背鳍！“啪！”在这脆响声中，凯恩双腿化成的鱼尾狠狠地抽在地面上，身子借力腾空而起，双臂紧贴身体两侧，一拧腰，整个人像只钻头般旋转着，朝那片灰蓝色的超密度液态锇冲去！

就像鱼入大海一般，凯恩毫不费力地钻进了令无数生物望而却步的液态钱，只是摆动了两下尾巴，就轻松至极地钻出封锁，站在了维埃帝国中央城外。陈择瑞带着卡鲁从凯恩的口中飞出，三人恢复原形后，在前来接应他们的反抗组织成员的帮助下，终于离开了维埃帝国中央星。

第二十六章 开战

有惊无险地返回矿星后，凯恩联络了贪狼等八人，因为没有去王城，他们目前都很安全，仍在继续着信息搜集工作。经过这次的维埃中央星之行，凯恩、卡鲁和陈择瑞都体会到了3级文明科技的强大。经过一番讨论，他们最终决定将诸神之杖的事情说出，以便寻求帮助。于是，三人一起去见反抗组织的首领娜莎。

“尊敬的娜莎阁下，自从我们来到这里，便发生了一些事情……”凯恩和陈择瑞你一言我一语，把闯王宫的经过、诸神之杖的来历和要寻找另一部分的原因讲述了一遍。

娜莎听完，沉思了很久后说：“我们组织的目的，是推翻维埃五世的邪恶统治，还人们平等自由的权利。至于你们说的那个诸神之杖，首先，我看不出这对达成我们的目标能起到什么作用；其次，我们对于所谓的宇宙终极奥秘也不感兴趣。所以，这件事我们无法给予帮助，希望你们能够原谅。”

卡鲁一拉凯恩道：“你瞧，没错吧！之前我就说，求人不如求己！人家根本就不打算帮咱，这下可好，没来由地碰了一鼻子灰！不就是个王宫嘛，咱们也认识地方了，大不了叫上贪狼他们几个，一块硬闯进去！”

“胡闹！之前你也见到了，那王宫是好闯的吗？”凯恩嘴上呵斥卡鲁，其实心里也很是无奈。

“那……那总比在这儿低三下四地求人强！”卡鲁愤愤地说着。

“你们的心情我能理解。”娜莎平静地说，“但是，作为反抗组织的领导者，我所做出的每一个决定，必须是有利于组织的。整个维埃帝国亿万种族，时刻身处维埃五世的愚弄和压迫之中，失去了作为智慧生物所应有的最基本的思想和精神自由，大家变成了一具具行尸走肉般的傀儡！而我们要做的，就是推翻他的统治，改变这一切，还给大家一个真实的、自由的世界！如果我们的目标无法达成，你们所说的宇宙终极奥秘，对于一群傀儡又能有什么用呢？”说到最后，娜莎的声音已经不自觉地颤抖了起来。

陈择瑞见状连忙说道：“您所说的这一切我们都明白了，这件事情是我考虑不周，他们也是为了帮我。咱们现在共同的敌人是维埃五世，为了解救维埃帝国的民众，为了银河系不受侵略，总而言之，我们首要的目标是应该齐心协力，推翻维埃五世的统治！”这番话让在场的人都连连点头。

娜莎道：“你能这样想我很高兴，但我还是要对无法向你们提供帮助而道歉！”

“您别这么说，您不是一直都在帮我们嘛！”陈择瑞的这句话，稍稍缓和了一下尴尬和压抑的气氛。

在陈择瑞一行回到矿星后，维埃五世仍然没有停止对他们的搜寻。“还没找到？废物！”听到超脑系统的报告，维埃五世面对这个虚拟投影打也不是，骂也不是，只能恨恨地说道，“不！绝不可能！就凭银河系那些低等级文明的技术，根本就不可能有办法在这么短的时间内逃出超密度液态锇的封锁！一定是什么地方疏忽了，立刻进行详细扫描，无论如何都要把诸神之杖和它的掌控者给我找出来！”

当虚拟投影消失后，维埃五世思索了片刻，说：“哼！就算逃出去了，我也要让你乖乖地回来！传格瓦斯。”不一会儿，维埃帝国作战部副统帅格瓦斯便来到了王宫大殿。

“传我的命令，即刻对银河系所有文明发起全面进攻，帝国主星发射夸克震荡波辅助，一律使用弦级以下武器攻击，保留他们的通讯能力，在不摧毁任何一颗星球的前提下，全部占领！”虽然维埃五世可以通过“中央超弦内部网络”直接控制和指挥所有仿生人军队，但他还是更喜欢这种向真人发号施令的感觉。

“伟大的王，1 级和 1 级以下的文明也要占领吗？”格瓦斯实在是不明白，对于维埃帝国这样的 3 级文明来说，那些 1 级或 1 级以下的低等级文明即便占领了也没有任何价值，为什么还要占领?

维埃五世面色一沉，道：“难道还需要我再重复一遍吗？”

“不敢，不敢，微臣现在就去传达您的命令！”说罢，格瓦斯诚惶诚恐地退了出去。

维埃五世又召出了黑袍人：“让所有棋子都行动起来，配合军队的进攻，尽快占领整个银河系。”

“遵命，我的主人。”

一颗夸克级震荡粒子从维埃帝国中央星射出，通过黑洞空间直接出现在了银河系中心位置，轻轻地震颤了一下后，便悄无声息地湮灭了。与此同时，小熊座勾陈星系、天鹅座塔里亚星系、摩羯座柯罗诺斯大星系、大犬座天狼星系、天龙座祖龙星系、武仙座聃耳星系、天鹰座光明星系、仙王座奥林波斯星系、南鱼座北落师门星系、御夫座五车二星系等2级文明，乃至1级和不足1级的文明星系，甚至是太阳系中的地球，这一刻都感到时间停顿了一下！银河系数万亿文明星球的全部智慧生物，突然间感到内心产生了一阵悸动，随后，竟然出现了令人无法理解的现象……

整个银河系中，大到星球防御系统、星际战舰，小到手表、玩具汽车……由智慧生物制造，依靠能源来驱动的所有设备，竟然全都无法运行了！

接下来发生的一幕更加令人崩溃：银河系每个有智慧文明存在的星球上，都同时出现了成片的巨大不明飞行物！在不设防的状态下，所有智慧生物都陷入了恐慌，银河系有史以来最大的危机出现了……

凯恩、卡鲁和陈择瑞正在商量接下来的行动计划，没想到娜莎突然到来，满面愁容地对他们说：“刚刚得到最新消息，维埃五世已经对银河系发动了全面攻击，照目前的情况看，你们没有任何抵抗能力……”

“开打了！咱们快点回去参战吧！”卡鲁一边说着，一边就要去收拾东西。

“镇定！”凯恩拦住卡鲁，向娜莎问道，“娜莎阁下，请您给我们讲一下具体的情况好吗？”

“现在的情况是这样的……”娜莎向他们讲述了银河系刚刚遭受到的攻击和造成的损失，分析了双方在军事实力上的差距，最后忧心忡忡地说，“除此之外，还有一些问题决定了你们无法取得胜利。维埃帝国的军队全部由仿生人组成，完全听命于维埃皇帝。另外，无论是政府还是民众，经过暗影计划长期的心理暗示，几乎所有人都对维埃五世的一切旨意绝对拥护，而你们诺亚联盟却是由不同星系、不同种族临时联合起来的组织，其内鱼龙混杂，为了自己的利益各执己见，甚至包藏祸心！更何况，从我们截获的情报中得知，在你们银河系内，维埃五世还安插了很多被称为‘棋子’的反叛者，他们也将会是巨大的隐患！维埃五世这次的攻击目标是整个银河系，不分文明等级高低，同时对所有星球发起了进攻。”

“不分等级！这么说，就连地球也……”陈择瑞心里一惊，他想起了地球上的家人和朋友，想起了爸爸、妈妈、姐姐，还有他的小伙伴们，也不知道他们现在怎么样了……

卡鲁则一直嚷嚷着要回去和族人们共同作战。

“就目前的情况，您有什么办法或者建议吗？”凯恩向娜莎问道。

“唉，难啊！”娜莎叹了口气，继续分析着情况……

维埃五世疑心极重，从不相信任何人，帝国的大臣们时刻都如履薄冰。即便这样，大臣们还是会经常莫名其妙地惹怒他，被强加上莫须有的罪名，轻则革职查办，重则丢掉性命！

维埃五世拥有一个设置在王宫里，基于“中央超弦内部网络”的超脑系统，能够掌握维埃帝国控制区内的一切资源及情报，可以直接对军队和控制区内的所有智慧生物发布命令。无论是一般性的行政指令还是军事行动的命令，包括暗影计划，全部都是通过这个系统来完成的。“中央超弦内部网络”和反抗组织使用的那种民用超弦网络最大的区别是，其所发出的指令带有特殊识别代码，且外界无法与之连接，得不到其中的任何资料。

为了破解暗影计划，反抗组织曾派出拥有特殊能力的比克潜入王宫，将类似病毒程序的“影子分身”成功植入了“中央超弦内部网络”的超脑终端。目前虽然已经能够从中获取情报，但同时也出现了一个无法解决的难题。受到暗影计划的长期影响，维埃帝国大多数民众已经处在一种浑浑噩噩的状态。只要能让维埃帝国的人们都恢复清醒，只要能让他们找回真正的自己，他们必然能够认清维埃五世的丑恶嘴脸，他的邪恶统治就一定会被推翻！但问题是，只要一修改暗影计划的程序，很快就会被维埃五世发现，之前所做的一切努力也都会付之东流！

“你在想什么呢？在这里什么也做不了，倒不如回去痛痛快快打上一场！哼，我就不信咱们一点取胜的机会都没有！”卡鲁攥着他那碗口大的拳头挥舞着说。

“心理暗示……控制……”陈择瑞像是根本没听到卡鲁的话，只是喃喃自语着，隐隐约约仿佛抓住了什么，“控制……控制……操控！对！就是精神操控！”他大叫一声，把在场的人都吓了一跳！

“你这是怎么了？”凯恩关切地问道。

“我没事，等一下再跟你解释。”陈择瑞冲凯恩一笑，接着对娜莎说，“您说维埃五世施行的暗影计划，使人产生无法自我思考的效果，而且你们也已经侵入了维埃五世的那个超脑系统对吗？”

“没错，是这样的。”娜莎点了点头。

“那就太好了！我有办法啦！”看着陈择瑞那兴奋的样子，其他人的心中都充满了疑惑……

“和塔里亚星联系上了吗？”

“启禀王上，我们一直在想尽一切方法和他们联络，但始终没有收到回复。”

“继续不间断进行联络，一有消息立刻通知我！”

“遵命！”

当维埃帝国发射了夸克震荡，大批的巨型战舰降临银河系各个星球上空时，人们才悲哀地发现，所有飞船、战舰以及各种武器竟然全部无法使用了！波塞冬王在得知无法联系到塔里亚星时，他的心中出现了不祥的预感。萨姆纳王已经赶回了玛雅族的领地，召集全族兽化战士准备进行战斗，大巫蓐收早已组织起了巫师军团，借助神庙总祭坛中历代巫师亿万年积攒的巫力，撑起了一个足以包裹整个阿尔法星的防御结界，暂时挡住了敌人战舰的降落。

此时的塔里亚星也遭受了同样的攻击，异能者们建造的大量战舰全都无法启动，没有武器，又从未经历过战争的塔里亚星人，一个个都怔怔地望着天空中密密麻麻的战舰，不知该如何是好。在长老院外那片紫色拉姆铺成的草地上，来自各个星球的异能者们聚集在一起，等候五大长老的命令。在那座散发着柔和的金属光泽、巨大的银灰色半圆形建筑内，黄老居中，蓝婆婆、红忠、紫魅、白刃四位大长老分坐两旁。

“黄老，已经到了这个地步，不能再犹豫了！”红忠大声说道。

“武器和战舰都已无法使用，现在只能靠我们的异能了！”白刃那雪白的娃娃脸上露出了坚毅的神色。

“我同意！无论如何都要战上一场，不然就太憋屈了！”紫魅一改往日笑嘻嘻的模样，咬牙切齿地说着。

“大家的意见就是我的意见，我们的尊严不容践踏！”蓝婆婆严肃的表情中显示出她的坚定决心。

听完四位长老的话，黄老说道：“你们的心情我能理解，我又何尝不想与敌人大战一场呢！但塔里亚星从未经历过战争，而且又失去了武器，普通人根本无法与敌人抗衡！我的意见是，由我们带领异能者进行战斗，充分发挥优势，利用各自的异能与敌人周旋。同时，尽可能地联系各星系盟友，以便形成更加强大的战斗力来抵抗侵略！”

黄老的话刚说完，长老院外就传来一个声音：“莱克有急事求见诸位大长老。”

“进来吧。”

得到长老们的许可，莱克迈步走进了长老院。

“你来这里是有什么事吗？”红忠一改平日的严肃，面带微笑地问莱克。

“各位大长老，我这次来是为了两件事，第一件事，是请求长老们允许我参加战斗；第二件事，是想提供一个作战计划供长老们参考……”

第二十七章 一号棋子

莱克给长老们讲述了他的作战计划：为了集中优势力量，同时也是为了防止被敌人各个击破，他建议由五大长老率领所有异能者，以长老院所在的岛屿为阵地，全部集结在一起共同对敌。他们可以充分利用岛屿附近的各种资源，发挥不同种类异能之间的互补作用，尽最大的能力把敌人拖垮！

听完莱克的计划，长老们不住地点着头，都表示非常赞同。其实，这五大长老也都没有经历过战争，只是觉得莱克这个计划和黄老之前说得差不多，于是便纷纷同意了。红忠走到莱克面前，看着这个从小在自己的训练下成长起来的孩子，拍着他的肩膀满是欣慰地说："好小子，没有白在外面历练，看来是学到不少东西啊！"

商议已定，五大长老一起走出长老院，会同众多异能者，按照莱克的计划部署了起来。天空中，维埃帝国的战舰群越来越近了……

仿佛是在有意等着他们做好准备，又好像是为了不断地施加心理压力，维埃帝国的战舰群不慌不忙，一点点地从天空中向下压来。在长老院所处的这座岛屿上，数万名来自各个星球不同种族的异能者，根据不同的特殊能力分成了五队，分别由塔里亚星五大长老带领，准备迎战维埃帝国的入侵者。

黄老与土系异能者召唤出的大片沙尘暴和无数巨石，在空间异能者的协助下围住了维埃帝国的战舰群；红忠率领火系异能者，汲取塔里亚星系六颗恒星的光能和热能，利用镜像异能者的"凹镜"能力，汇聚光线向敌舰照射，迅速升高其表面温度；随后，蓝婆婆和水系异能者，借助环绕岛屿的大量湖水，形成了倾盆大雨，冰系异能者控制落在那些舰体上的雨水，凝结起了一层厚厚的冰壳；白刃则带领金系异能者、分子异能者和微观意念融合异能者，抓住敌人的战舰遭受不均匀的高温和极寒后分子结构不稳定的时机，拼尽全力对舰身进行分解；紫魅也没闲着，她统领着木系异能者，努力催生岛内所有的拉姆植物，使之开始了疯狂生长，仅用了几个呼吸的时间，整座岛屿就被形形色色的各种拉姆植物覆盖得严严实实。

面对五大长老和异能者们的攻击，维埃帝国战舰群却没有做出任何反应，就在大家都不明所以的时候，异变陡生！"嗡……"敌舰之上突然冒出一团浓重的蓝白色气体，在空中逐渐凝聚成碗状，而后倒扣了下来，罩住了长老院所在的这个岛屿！

"哈哈！"莱克突然间放声大笑起来，他从自有空间掏出了一个小巧的透明圆球，往地上一扔，"啪！"那不知是用何种材料做成的圆球瞬间变大，莱克马上钻了进去。

"你在干什么？"红忠见此情形连忙问道。

身处透明球体中的莱克，此时仿佛变了一个人。他伸手在那钢针般的黑色短发上抹了一把，瞪着扫帚眉下面一对铜铃般的大环眼说道：“嘿嘿，这还用问？当然是去接管塔里亚星啊！”

红忠一听，顿时火冒三丈：“什么？你……你再说一遍！”

“听不见吗？难不成你已经老得连耳朵都不管用了？”莱克的话差点没把红忠气昏过去。

“真没想到，那个棋子竟然会是你！”黄老的声音中带着愤怒。

在波塞冬王告知塔里亚星有被称为棋子的反叛者后，他就曾认真地分析过所有可能的人，但从未怀疑过自小跟随红忠长大的莱克！

“哼，没想到就对了！如果让你们知道了，我还能有命在吗？”莱克冷冷地说。

“混蛋！”白刃一跃而起，双臂化成了两根异常尖锐的金属刺，狠狠地扎在包裹莱克的球体上！哪知道，那透明圆球在金属尖刺的攻击下，仅仅只是稍微凹进去了一点，随即便恢复原状，反而把白刃弹了出去！

“哈哈！这个球可是3级文明制造的，我劝你还是别费力气啦！”莱克轻蔑地说。

看着莱克狂妄自大的样子，红忠眼里却满是悲哀。

“你怎么会变成反叛者？为什么？告诉我究竟是为什么？”红忠仍然不愿相信，他视如己出、亲手培养的塔里亚星勇士，竟然会是反叛者！

“你还真不是一般的蠢！什么反叛者，我可是伟大的维埃五世的义子！而且，父王马上就会册封我为继任者了！”得意扬扬地看着五位大长老和众多的异能者，莱克接着说，“现在知道我为什么让你们集中在这里对抗帝国舰队了吧？原本以为还要费一番心思，没想到，简简单单几句话，就让你们这群笨蛋乖乖地待在这里，等着被一网打尽了！”

“你别高兴得太早！我们这里有那么多人，谁输谁赢还不一定呢！”

“对！大家一起动手，先把这小子抓住，再想办法对付战舰！”

“没错！只要抓住这个什么义子，那些战舰就一定不敢攻击我们了！”

“是呀！如果把他当成人质，说不定可以提前结束这场战争呢！”

异能者们议论纷纷，都跃跃欲试地想把莱克抓住！

“说你们傻，还真是傻！知道刚才帝国舰队释放出的气体是什么吗？那是专门为你们异能者准备的，是混合了铊元素的氡气！现在这种能够隔绝异能、含有剧毒的惰性气体已经把整个岛屿完全封锁了，你们这些老家伙就在这儿慢慢等死吧，我先去接管塔里亚星了！哈哈……哈哈哈……”在刺耳的狂笑声中，那球体带着莱克腾空而起，朝维埃帝国的舰队飞去……

“王上，刚刚收到消息，玛雅族巫师们的巫力基本耗尽，神庙祭坛储存的巫力也消耗大半，现在全靠大巫在苦苦支撑着，但估计也坚持不了多久。两族的战士们都已做好了战斗准备，随时等候命令！”在阿尔法星亚特兰蒂斯族的王宫，波塞冬王冷静地听着汇报。

“知道了，你先下去吧。”当得知所有的武器和设备无法运行时，波塞冬王的心里就十分清楚，银河系的失败只是时间问题，能提前让陈择瑞和凯恩他们离开，已经是最好的结果了。

“滴！”一声轻响，塔里亚星请求通话的信息传来，波塞冬连忙接通。

“莱克！”看到出现在面前的虚拟投影，波塞冬认出了这个曾跟随陈择瑞来过王宫的塔里亚星人，“你们那边的情况怎么样了？之前为什么一直联系不上？五位大长老在哪里？”虽然不知道为什么会是莱克与他联系，波塞冬还是先提出了当前最关心的问题。

“波塞冬，”莱克那傲慢的神情与之前简直判若两人，他以一种居高临下的口气说道，“我可以明确地告诉你，帝国军队已经完全占领了塔里亚星，那五个老家伙和所谓的异能者军团也都被消灭了！摆在你面前的只有两条路：要么放弃一切抵抗，无条件接受帝国军队的进驻，加入强大的3级文明维埃帝国，成为其中的一员；要么继续你们那徒劳无功、愚蠢而又可笑的反抗，最终承受整个星系被彻底摧毁、种族完全灭绝的后果！”

“你……”波塞冬闻听此言，一时间心中念头百转。因为早就得到反抗组织提供的关于棋子的情报，此时，他对于塔里亚星发生的事情已经猜出了大半，“对于你的真实身份我不感兴趣，现在我只想让你知道，要战便战，我们阿尔法星没有一个孬种！”说完这句斩钉截铁的话，波塞冬切断通讯，莱克的虚拟投影瞬间便消失了。

“看来塔里亚星已经凶多吉少了，虽然我们拼尽了全力，但还是低估了3级文明强大的实力，失败已不可避免，银河系亿万种族的命运又将会怎样呢？”他喃喃自语着，一时间，仿佛苍老了许多……

早已知晓诸神之杖相关情况的波塞冬脸色忽然一变，像是想起了什么。“不好！必须尽快联系凯恩，让他们远离维埃帝国！无论如何也不能让诸神之杖落到维埃五世手里，否则，将会是整个宇宙的灾难！”

银河系发生的一切，身处矿星的陈择瑞他们并不知晓。

在之前娜莎的讲述中，陈择瑞了解到，反抗组织已经侵入了维埃五世独自掌握着的超脑系统。那是个能够控制帝国军队和各种资源，可以对维埃帝国所有智慧生物直接下达命令的系统。通过娜莎对暗影计划的描述，结合那个功能强大的超脑系统，陈择瑞产生了一个大胆的想法！

此时，娜莎、凯恩和卡鲁三人，都在聚精会神地听着陈择瑞侃侃而谈：“其实很简单，刚才不是说，那个暗影计划让维埃帝国的大多数人都浑浑噩噩了嘛，而且你们已经侵入了维埃五世独自掌控的超脑系统。”他停顿了一下，理了理思路，接着道，“我想，凯恩的那个精神操控能力应该比暗影计划的心理暗示效果更好。如果通过超脑系统使用精神操控能力，一定能够把那些被控制的人都恢复过来！”

“对呀！哈哈，你小子真行！我怎么就没想到呢！”卡鲁一拍大脑袋，咧着嘴笑了起来。

“不行，”凯恩皱眉说道，“这个方法看似可以，但存在一个关键性的问题！我的这个能力的确可以通过对生物体记忆的消除、修改或是增加，来达到控制其行为的目的。可是每次使用，都要消耗大量的精神力。何况，维埃帝国被控制的人不知有多少，一个个地帮他们恢复，时间太长不说，还很容易被发现。如果给所有人同时进行恢复，我的精神力也不可能支撑住这样的消耗……”

“等等，你们说的都是真的吗？王子殿下真的拥有这种能力？”反抗组织首领娜莎的美眸中泛出了异样的光彩！

“这的确都是实情，按照我现在的精神力，最多也只能同时对十个左右的智慧生物进行精神操控。”

凯恩的话非但没让娜莎失望，反而令她的神情更加激动起来，她说：“这就足够了！我们终于等到了这一天！维埃帝国的民众有救啦！”

“娜莎阁下，请先冷静一下！难道说，您有办法能让我的精神力在短时间内大幅提高吗？”凯恩问道。

娜莎平复了激动的心情，展颜一笑，说道：“请原谅，我实在是太兴奋了！这个方法完全可行！不单可以让维埃帝国的民众恢复清醒，就连你们银河系这次的危机都能一并解除！”

第二十八章 危机解除

为什么娜莎认为陈择瑞的办法可行呢？其实，并非像凯恩想象的那样，反抗组织可以提高他的精神力，当娜莎说出了具体的方法后，众人才恍然大悟。

在娜莎的计划中，还有一个关键人物，那就是一直在雨馨公主身边当宠物的比克。他在超脑系统中植入的影子分身，经过蚂蚁搬家式地分裂和同化，不再只能偷偷地窃取情报，而是已经悄悄地控制了大部分的系统程序！在超脑系统的众多强大功能里，有个类似于“信号放大器”的应用程序，维埃五世正是以此来向其他人发号施令的。凯恩只需借助比克影子分身的帮助，利用超脑系统的信号放大功能，通过维埃帝国无处不在的超弦网络，就能同时对全体民众进行远程精神操控！

“王子殿下，一切就要靠你的这个神奇能力了！”娜莎说道，“只要人们的思维都恢复清醒，知道了维埃五世的所作所为，看清了他那丑恶的嘴脸，就会在整个帝国掀起巨大波澜！到那时，维埃五世肯定顾不上攻打银河系的事了，咱们再通过超脑系统，取消仿生人军队进攻银河系的命令！同时，我们也能借此时机，一举推翻维埃五世黑暗残暴的统治，最终获得平等自由的美好生活！”

娜莎的话刚说完，忽然就是一怔，继而对凯恩道：“你父王要与我进行通话，你们正好也听听银河系目前的情况。”话音一落，众人面前就出现了波塞冬王的虚拟投影。他那高大的身躯似乎已不像之前那般挺拔，一向果敢而坚毅的面容，此刻却透着几份憔悴。

凯恩从未见过父亲如此模样，没等波塞冬开口就急忙问道：“父王，究竟发生了什么？现在的战况如何了？”

“孩子，你们也在这里真是太好了！本是想让娜莎阁下向你们转达银河系当前的情况，既然大家都在，我就直接跟你们说吧……”

于是，波塞冬王便将之前发生的事情详细地讲述了一遍。当听到塔里亚星已经沦陷，莱克竟然是维埃五世安插的一号棋子时，陈择瑞震惊了！他想到之前与莱克的相识，想到了他们一起经历的种种，不禁暗道：那个对他很是照顾，看似耿直忠厚的莱克，居然是卧底，而且隐藏得如此之深！

“真气死我啦！那家伙看起来挺老实的，没想到会是这种人！再让我碰见，非得把他脑袋揪下来当球踢！”卡鲁也很生气，瞪着眼攥起了拳头。

“唉，银河系大势已去，失败怕是无法避免了。我和你们联系的目的，是想让你们尽快远离维埃帝国的控制范围，保证自己的安全，无论如何都不能让维埃五世得到诸神之杖！”波塞冬王的话语中带着几分落寞，此时的他，仿佛已不再是那个曾经叱咤风云、傲视群雄的亚特兰蒂斯之王了。

看着父亲那略显苍老的面容，凯恩心中十分不忍，急忙说：“父王，您不必如此，我们现在已经有好办法了！战争很快就能结束，银河系也一定会安然无恙的！”

“是真的吗？你不会是在安慰我吧？”波塞冬不敢相信凯恩的话，仅凭他们几个，怎么可能战胜3级文明的维埃帝国呢！

见波塞冬不信，陈择瑞连忙说道：“凯恩说得没错，我们的确已经有办法了！总而言之，用不了多久，您就会听到好消息的！”

卡鲁也道：“是啊，这个主意还是陈择瑞想出来的，连娜莎首领都说是个好办法！哎，我嘴笨，还是让他们跟您说吧。”

“父王，我们的计划是这样的……”凯恩怕父亲担心，赶忙向波塞冬说出了他们的打算。

波塞冬王听完沉思了片刻，说：“既然这样，就按你们的想法去做吧！但是，必须要保证安全！要知道，只有保护好自己，才能消灭敌人！我老了，也累了，现在是年轻人的天下，银河系的未来就交给你们了！”

波塞冬王的话一说完，就切断了通讯，虚拟投影随即消失了。

“果断、睿智，不愧是亚特兰蒂斯之王！”娜莎不由赞叹道。

父亲的话语仿佛还萦绕在耳边，凯恩好像看到了族人们那一双双期盼的目光，不能再等了！他上前一步，抱拳躬身说道：“娜莎阁下，维埃帝国的民众长期遭受着愚弄和压迫，银河系也已经危在旦夕，无数文明等待救援，为了我们双方共同的利益，我必须立刻开始行动，希望您能给予协助！”

陈择瑞和卡鲁也向娜莎抱拳行礼，异口同声地说道：“请您帮助我们！”

“好！既然如此，我现在就通知比克，让他马上回来！这不只是帮助你们，也是在帮我们自己！我相信，只要大家同心协力，就一定能够战胜维埃五世，解救所有正在遭受磨难的人们！”

一切都在有条不紊地进行着，在雨馨公主的帮助下，比克也顺利地到达了矿星。娜莎格外忙碌，除了前期的准备工作外，她还要协调和安排好后续的诸多问题。毕竟维埃帝国的控制范围比整个银河系还要大 1.6 倍，为了防止出现混乱，必须提前做好准备。在矿星地下 10 万米，反抗组织总部呈现一片繁忙的景象。为了尽快完成自己的任务，人们来去匆匆，就连总部内那如画般秀美的景色都无暇欣赏。

反抗组织正式成员的人数虽然不是很多，但在维埃政权的一些重要部门，都已安插进了他们的人，这也正是他们在无数次的围剿和搜捕下总能化险为夷的原因。另外，在维埃帝国的控制范围内，几乎所有的星球上也都有反抗组织的分部或联络点。这些都是首领娜莎努力经营的结果，这证明了她超群的领导能力。

很快，所有的准备都已就绪，属于他们的战役正式打响了！

反抗组织总部内，凯恩、卡鲁、陈择瑞和娜莎四人，围坐在一张两米长、一米宽的透明长桌前。在这张不知用什么材料做成的桌面上，不停变幻着各种颜色的符号和线条，猫头兔身的比克蹲在上面。他正在通过民用超弦网络，凭借之前植入的影子分身程序，对“中央超弦内部网络”进行着连接。只见比克两只红宝石般的眼睛瞪得溜圆，晃着一对小巧的尖耳，在桌面上左蹦右跳，还时不时伸出那粉嫩的小舌头舔一下前爪。但他上蹿下跳地忙活了半天，桌面上也没有出现什么变化。忽然，比克立起身子，一屁股坐下，接着向后一倒，四爪朝天地躺在了桌面上，嘴里还嘟囔着："可累死我了！"

卡鲁伸着脖子看了看桌面，瓮声瓮气地问："我说比克啊，怎么样，连上了吗？"

"连上？哪有这么简单，这可是内部网络！还不能被维埃五世发现！你以为说连上就能连上啊！"躺在桌子上的比克对卡鲁一点也不客气。

卡鲁瞪着他那铜铃大眼说道："我问问不行啊？没连上还这么理直气壮！"

"黑大个，你瞪什么瞪？小爷我累得半死，没看见呀！不说过来给我捶捶肩，捏捏腿，还在这儿问东问西的。哼！"

"你这家伙长本事了是吧，再叫我黑大个，看我不揍你！"

"黑大个，黑大个，黑大个！就叫了，你揍个试试！我在这儿忙活着帮你们，不感谢我也就算了，还威胁上了！哼！信不信我撂挑子不干了！"

"你……"

"卡鲁！少说两句！"凯恩打断了卡鲁的话，皱着眉说道，"都什么时候了，还在吵！眼下最重要的事就是尽快连上内部网络，我们的时间真的不多了！还不快跟比克道歉！"

没等卡鲁开口，娜莎就说："比克，你也不对，要不是你说话这么冲，这架也吵不起来。再说，咱们这次行动，是为了同一个目的，不存在谁帮谁的问题！我看就这样算了吧，大家还是好朋友！"

听了娜莎的话，众人也就都不再说什么了。陈择瑞在一旁听着，心中好笑。这段时间卡鲁可没少和这个既像兔子又像猫的比克打嘴仗，但每次都是以卡鲁的失败而告终。

比克又在桌子上蹦跳了好一会儿，终于，桌面上出现了如瀑布般的数据信息，取代了之前杂乱无章的线条和符号，“中央超弦内部网络”被成功连接上了！

“比克先生，现在可以开始了吗？”凯恩问道。

比克一指旁边头盔模样的东西，说：“你把它戴头上就可以开始了。”

因为事先做好了充足的准备，凯恩在比克的帮助下，利用“中央超弦内部网络”，瞬间就完成了对维埃帝国全体民众的精神操控。维埃五世的暗影计划，主要是通过长时间潜移默化地引导来达到目的的，而凯恩的精神操控，则更像是一场干脆利索的外科手术！他精准地剔除了民众那被污染的思想，全面地刺激他们麻木已久的精神，彻底地释放了被压制封闭的心灵！

在凯恩完成精神操控的时刻，整个仙女座大星云都仿佛停顿了一下，紧接着，维埃帝国控制范围内，几乎所有的智慧生物同时爆发出了巨大的声音！这个声音里有悲、有喜、有恨，五味杂陈……

“现在是解决银河系危机的时候了！”在陈择瑞的提醒下，凯恩回过神来，立刻通过已经被完全控制了的超脑系统，向远在银河系的维埃帝国仿生人军队下达了一连串的指令：马上停止一切攻击！消灭全部棋子！释放所有俘虏！立即撤离银河系！

第二十九章

终极奥秘

“可别忘了我的事啊！”诸神之杖主动从陈择瑞的耳朵里跳了出来，飘在半空围着他转。

“忘不了，你就放心吧！”所有的危机都已经解除了，众人的心情也是大好。

“等一下，我也跟你们一起去！”娜莎忽然说道。这一天她已经等了太久，终于可以和女儿相见了！

四人离开矿星，直奔维埃帝国王宫。维埃中央星上没有丝毫的混乱，就像什么也没发生过一样，仍旧秩序井然。这些都得益于娜莎事先合理有效的安排和调度。与以往不同的是，街道上每个人的眼神都是清澈透亮的，脸上也洋溢着幸福的笑容。

维埃帝国的王宫就在眼前，大片赤红色晶体构成的建筑物在恒星光芒的照耀下熠熠生辉、璀璨夺目。有娜莎的带领，一行人顺利地进入了王宫，诸神之杖也不再躲藏，飘浮在陈择瑞的身边。

“去办你们的事吧。”娜莎与他们分别，向公主寝宫的方向走去。

陈择瑞、凯恩和卡鲁则在诸神之杖的指引下，一路来到了维埃帝国的王宫大殿。气势雄伟的大殿寂静无声，九级高台上那巨大的金色宝座中，维埃五世正襟危坐。

“是你们？就是你们这些低等生物干的？怎么可能？你们怎么可能侵入超脑系统？怎么可能解除我的控制权？怎么可能破坏暗影计划？不！绝不可能！我是维埃帝国最伟大的王！所有的一切都是我的！我将会是宇宙之主！”维埃五世面目狰狞，歇斯底里地咆哮着。

“现在不是了！你难道没有听见人们的欢呼声吗？你为了一己之利，对民众进行欺骗和压迫的日子结束了！善恶到头终有报，永远不要奢望黑暗能够取代光明！”凯恩怒斥道。

“你懂什么！什么叫欺骗？什么叫压迫？这都是为了他们好！普通人只需要安静地生活在一个美好的虚幻世界里就够了！对于他们来说，真相就是没有真相！真正的真相只会掌握在统治者手里！这些并不是你们低等生物能够理解的！”维埃五世轻蔑地说道。

卡鲁听不下去了，怒道：“都到这步田地了，还敢骂我们？你是活得不耐烦了吧！”他转向陈择瑞和凯恩，“别跟他废话，先抓起来再说！”

突然，一直飘浮在陈择瑞身边、绣花针般的诸神之杖“嗖”的一声向前飞出，眨眼就到了维埃五世跟前，变成了擀面杖大小，朝着维埃五世的肩头轻轻一点。

维埃五世完全没有反应过来，只觉一阵大力传来，就被这一棍子捅得滚下宝座，趴在地上昏死过去。再看诸神之杖，此时已长到两米多长、手臂粗细，在半空飞舞了一圈，照那巨大的金色宝座重重砸下！

“轰隆……”震耳欲聋的轰响声中，维埃五世的宝座被砸了个粉碎。一个黑漆漆、表面布满繁复花纹、像个盒子似的正方体，慢慢地从废墟里飘浮起来，迎向诸神之杖。同时，那金光闪闪的诸神之杖正在渐渐缩小，直到缩至一尺长、拇指粗细才停止了变化。

陈择瑞、凯恩和卡鲁三人都没有说话，只是在一旁默默看着眼前的这一幕。他们知道，这就是诸神之杖念念不忘、一直在寻找的“另一部分”！

终于，不停颤抖着的诸神之杖和那个“盒子”相遇了，它们相互环绕着，纠缠着，就像是一对久别重逢的亲密爱人。当“盒子”停止飞舞时，其上拇指粗细的凹槽正对天空，金光闪闪的诸神之杖一个俯冲，准确地嵌了进去，严丝合缝！

这时，那个原本黑漆漆的盒子，从与诸神之杖结合的部位开始，一点点透明了起来，而且还在不停地缩小。当它变得完全透明时，已经如鸽子蛋一样大小了，像是一枚雕满花纹的钻石，镶在了诸神之杖上面。两者已经融为一体，浮在空中一动不动。

“小金子……”陈择瑞试着和诸神之杖沟通，却没有得到任何回应。

“父王！”随着一声呼唤，双目红肿的雨馨公主跑了进来。她扑过去，扶起了一直趴在地上的维埃五世，朝陈择瑞等人哭喊道，“你们……你们到底对他做了什么？！”

陈择瑞和凯恩面面相觑，不知道该怎么回答。卡鲁倒是不惧，粗声粗气地说道：“你哭什么？我们啥也没干！”

“那……那我父亲怎么会这样？”雨馨哽咽着说。

“他……他是自……自己不小心从上面摔下来的。对，就是摔下来的！跟我们可没关系！”卡鲁磕磕巴巴地答道。

雨馨当然不会相信卡鲁的话，她一边查看维埃五世的身体，一边说：“你骗人！怎么可能自己摔下来？”

“孩子，发生什么事了？”娜莎也来到了大殿。

“妈妈，父王他……”

看到女儿那焦急的神情，又看了看趴在地上的维埃五世，娜莎叹了口气，上前检查了一下后说道：“没有大碍，他只是昏过去了，放心吧，不会有事的！”

雨馨指着陈择瑞三人道：“可是……可是他们……”

“孩子，这里的事情你就不要管了，先跟我回去，好吗？”说罢，娜莎叫来了两名属下，让他们抬起维埃五世，便带着女儿离开了。

“嗡……”娜莎和雨馨刚走，本来静静停在半空的诸神之杖，发出了一声低沉的声音，紧接着，那钻石般的物体上，闪耀出一片七彩光幕，逐渐弥漫了整座大殿……

此时的王宫大殿内，一层淡淡的薄雾飘荡在四周，渐渐地，雾气中出现了一颗蔚蓝色的球体，旁边还有一个灰蒙蒙的小球围着它旋转。“这是……地球！”陈择瑞惊呼道！对，就是地球！跟当初和莱克在月球时看到的一模一样！这颗蓝色的星球在他们身边慢慢地转动着，真实到了触手可及的地步，像是在看一场由全息投影制作的大片！

突然，仿佛是摄影机拉远了镜头，蔚蓝色的地球在快速地缩小着，出现的星球也越来越多，火星、木星、土星、天王星、海王星……一颗颗行星接连闪现而过，转瞬间，太阳系都成了一个不起眼的亮点！大殿上已经看不到具体的某个星球了，只剩下由一个银心和四条旋臂构成的棒旋星系，在缓缓地旋转着。不远处，还有一个大了不止一倍的螺旋状星系，这正是银河系和仙女座大星云的全貌！两大星系依然在不停地缩小着，无数巨大无比、或明或暗的各种星云、星系、星团交相辉映，一一从三人眼前掠过。

“那是黑洞！是自然形成的黑洞！”凯恩指着他身边出现的一个不知名的所在说道。

顺着他指的方向看去，在一片黯淡无光的星系中，一团黑影正在不停吞噬着，所过之处一切物质全部消失不见！一转眼，正在被黑洞吞噬的那个星系也同样缩小成了一个点。而现在，别说太阳系，就连银河系也早已缩小得分辨不清了，而这个过程依然继续着，并且越来越快，完全没有要停下来的意思。

“从开始到现在，我们看到的就是整个宇宙空间在不停地缩小，这到底是想告诉我们什么呢？”凯恩疑惑不解。

“是啊，把一个物体不断放大，是分析其本质的方法；那如果不断缩小，最终得到的又会是什么呢？”陈择瑞也是不明所以。

“你俩是不是想得太多了？依我看……”

“咚……咚……”卡鲁的话还没说完，伴随着巨大的响声，周围的景象突然变换了，出现在他们眼前的，不再是繁星点点的宇宙星空，而是一根不断震颤着、半透明、看不到边际的巨型“管道”！之所以称其为“管道”，是因为其内部充斥着大量的不知名液体，正在不停地奔腾咆哮着。

而后，那根巨型管道渐渐变得纤细起来，周遭又出现了几根与之类似的东西，而且都在不停地变细。最终，那一根根细到只能称之为线的东西，也消失了。

“咦，这又是个什么东西？”卡鲁惊讶的声音让陈择瑞和凯恩低头向下望去。他们三人站立的地方，横卧着一根异常粗壮的圆柱体，而且也和之前出现过的东西一样，不停地缩小着。

“是脚趾！还是根小脚趾！”当那粗壮的圆柱体缩小到能看清全貌的时候，三人同时惊呼了起来！抬头望去，他们正站在一个顶天立地，只是在腰间围着张兽皮的巨人脚下！因为那人无比高大，又或者说，是他们太过渺小，所以，完全看不清其面目。向四周望去，或走、或站、或坐、或躺，同样的巨人竟然不止一个！

正当他们以为巨人们也会缩小时，那无比真实的全息投影忽然间扭曲了，逐渐变得支离破碎。弥散在王宫大殿中的那层薄雾，如水流一般汇聚起来，涌入了诸神之杖顶端的那颗晶体之中。当雾气消散的同时，画面也彻底消失了。

静！死一般的静！维埃帝国王宫大殿静得可怕！

陈择瑞、凯恩和卡鲁都在思考着同样的一个问题：刚刚看到的这一切，究竟意味着什么？

开始很容易理解，那是通过由近及远的不同视角，来展现整个宇宙空间。其中有家乡的星球，有熟悉的星系，更多的则是数之不尽的陌生星域，直至浩瀚无垠的苍茫宇宙。但是，后面的部分又说明了什么呢？为什么原本在宇宙空间的他们，会突然出现在巨人的身体上呢？实在是莫名其妙，无法理解……

当看遍了宇宙星辰，又见到了恐怖巨人，再联想到人类的身体构造，难道……

一个可怕的想法在陈择瑞的脑海中渐渐清晰起来：

生物学早已证实，人体结构的基本单位是细胞，而细胞主要是由细胞膜、细胞质和细胞核三部分组成；构成宇宙的基本单位是大大小小的星球，一颗星球的结构由外到内分为地壳、地幔和地核。这是巧合吗？

众所周知，我们所处的宇宙空间始终在不停地变化着，时刻都有无数的星球衰败、死亡，新的星球凝聚、诞生；人体亦是如此，全身各处的旧细胞不断衰老死亡，并在与新细胞的生长更替中，完成新陈代谢。这也是巧合吗？

人体的免疫系统具备识别能力和记忆能力，可以发现并清除异物、外来病原微生物等可能引起内部环境波动的因素，是抵御疾病、保护自身的防御性结构。

以白细胞为例，它能通过改变自身形状从血管内渗出，在组织间隙中游走。它们吞噬侵入的细菌、病毒、寄生虫等病原体和一些坏死的组织碎片，是人体与疾病斗争的“卫士”；宇宙同样也有自身的“免疫系统”，无数自然形成的黑洞，没有具体形状，不知何时出现，吞噬一切后又莫名消失，与人体的白细胞竟然如此相似！难道同样是巧合？

如果宇宙中的每一颗星球，其实只是某个巨人身体上一个小小的细胞，那我们又是什么……

“啊……假的！都是假的！一切都是假的！什么宇宙的终极奥秘？这难道就是终极奥秘吗？呵呵，就算知道了又能怎样？宇宙是什么？我们又是什么？真正的真相就是没有真相……”

“主人……”一声轻唤，诸神之杖射出了一道光芒，惊醒了陷入癫狂无法自拔的陈择瑞。

“主人，您已经都知道了……”

“我知道了。不，我不知道！究竟是知道还是不知道？我也不知道……”

在失魂落魄的自语声中，陈择瑞仰望着天空：“我们到底是什么……”

后记

当写下最后一行字，我长长地舒了一口气！先要感谢能够一直阅读到这里的朋友，你的鼓励就是我最大的满足！

花了几个月的时间，写了这十几万字，对于第一次讲故事的我来说，已经有些吃力了。从未写过如此长的文章，感觉有很多的不足之处，一些人物、一些事情，交代得不够清楚，之前挖的坑，有的也忘了填，结尾部分写得有点不知所云……

这本书我想表达的意思不知大家看明白没有？

宇宙的终极奥秘到底是什么，陈择瑞知道了吗？

每个人的心中都有一道坎，陈择瑞能够解开自己的心结吗？

我们到底是什么？这是千古以来无数人提过的问题，就像庄周梦蝶——“不知周之梦为胡蝶与，胡蝶之梦为周与？”